七十歳死亡法案、可決

垣谷美雨

幻冬舎文庫

七十歳死亡法案、可決

目次

第一章　早く死んでほしい

七十歳死亡法案が可決された。

これにより日本国籍を有する者は誰しも七十歳の誕生日から30日以内に死ななければならなくなった。例外は皇族だけである。尚、政府は安楽死の方法を数種類用意する方針で、対象者がその中から自由に選べるように配慮するという。

政府の試算によれば、この法律が施行されれば、高齢化による国家財政の行き詰まりがたちまち解消されるとしている。ちなみに、施行初年度の死亡数はすでに七十歳を超えている者を含め約二千二百万人で、次年度以降からは毎年百五十万人前後で推移する。

この十年、日本の少子高齢化は予想を上回るペースで進んだ。それに伴い、年金制度は崩壊し、医療費はパンク寸前である。さらに介護保険制度に至っては、認定条件をどんどん厳しくしてきたにもかかわらず、財源が追いつかなくなっている。

当然予想されたことだが、同法は世界中から非難を浴びている。人権侵害の最《さい》たるものだとして、宗教団体はもちろんのこと、各国の議会においても、法律の廃止を求める声明が相次いで発表された。

しかし、少子化に悩むイタリアや韓国などは静観のかまえである。一方、中国は長年に亘《わた》るひとりっ子政策の影響で、少子高齢化のスピードは速く、老齢人口が二割を超えるのは時間の問題だ。二割といえば日本の総人口の約二倍にもなる。それだけに、日本における当法律の行く末を、中国政府が注視しているという声も聞かれる。

戦後、日本は急速に食糧事情が良くなり、医療も進歩した。おかげで日に日に平均寿命を更新している。

果たして、長寿は人類に幸福をもたらしたであろうか。

本来ならば喜ばしいはずの長寿が、国の財政を圧迫する原因となっただけでなく、介護する家族の人生を台無しにするような側面があることは今や誰も否めない。

今後も世界中の議論を呼ぶところだ。施行は二年後の四月一日である。


〈週刊新報・二〇二〇年二月二十五日号〉

洗濯物を干そうと、宝田東洋子《たからだとよこ》が裏庭に出ると、どこからか春の匂いがした。

春が来たところで、花見にすら行けないのだけれど……。

お義母《かあ》さんの介護をするようになってから今年で何度目の春だろう。

女子大時代の友人たちは、吉野《よしの》の桜を観に行くらしい。ずいぶん遠出《とおで》をするようになったものだ。最初は都内のレストランで食事をするだけだったが、次は観劇と飲み会のセットになって、その次は一泊旅行になり、今年は二泊もするという。全員が子育てを終え、二十年ぶりの自由時間を満喫しているようだ。

——みんなわかってるのよ。遊べるのが束の間だってこと。親の介護がいつ始まるかわからないもの。こんな悠長なことしていられるのも今だけだと思うとみんな気が急《せ》くみたいで、名所旧跡をじっくり見るんじゃなくて、駆け足でなるべくたくさんのものを見て回ろうって感じなの。

いつだったか、友人は電話口でそう言うと、自嘲《じちょう》気味にふふふと笑った。

しかし、七十歳死亡法ができてからは、そんな考えも根底から崩れ去った。法律が施行される二年後には、七十歳以上の者は全員死ななければならなくなったからだ。おかげで、今現在親の介護で苦しんでいる者たちは晴れて解放される。そして、いつかは面倒をみなければと悲壮な覚悟をしていた者たちの心配も無用となった。

お義母さんのいなくなったこの家……。

二年後を想像してみる。

生活はがらっと変わるはずだ。お義母さんには本当に申し訳ないけれど、想像しただけで心は解放感でいっぱいになる。

そんなことをぼんやり考えながら夫のシャツを干していると、ブザーが聞こえた。

「東洋子さあん」

お義母さんが切羽詰まったような声を出すのはいつものことだ。最初はなにごとかと慌てたが、今ではもう慣れた。あれだけ大声を出せるということが元気な証拠だ。

それにしても、庭にいてもこんなにはっきり聞こえるとは知らなかった。お義母さんの部屋は庭に面してはいるが、縁側のサッシも部屋の障子《しょうじ》もぴったり閉めてある。この分だと、今までも近所に聞こえていたに違いない。

「東洋子さあん」

今度は、ブッブッとブザーを短く鳴らしながらの大声だ。

あとタオル三枚。干し終わってからでいい。こんなうららかな日には、柔らかな太陽の光を少しでも長く浴びていたい。

「東洋子さあん」

返事をしないでいると、声はさらに大きくなった。

もしかして本当に具合が悪くなったのでは？

悪い予感がして、洗濯物を放り出して家の中へ駆け込んだ。

「大丈夫ですか⁉」

ドアを開けた途端、しかめっ面《つら》と目が合った。

「やあねえ、騒がしいわよ、東洋子さんたら」

のんびりした声だった。「いったいどこにいたのよ。何度も呼んでるっていうのにずいぶん時間がかかるのね。豪邸じゃあるまいし」

お義母さんが倒れてから、裏庭に面した客間に介護用ベッドを入れた。家の中で、いちばん日当たりがいいからだ。

和室だったのをフローリングに替えたのは、オムツを替えるときに便が畳に落ちてしまい、いつまでも臭《にお》いが取れなかったことがきっかけだった。本人の希望により、漆喰《しっくい》の壁も雪見障子もそのまま残したので、和洋折衷の奇妙な造りになっている。

以前は、書院造りの床の間には年代物の掛け軸がかけてあり、華道の師範を持つお義母さんの手で花が生けられていた。しかし今、そこには買い置きのオムツパッドやタオルがうずたかく積まれている。

「庭が見えるようにしてちょうだい」

「はい。今日はいいお天気ですよ」

障子を開けると、眩《まぶ》しいほどの光が差し込んできた。

「殺風景な庭ねえ」

「すみません」

お義母さんが元気だったころは、色とりどりの花が咲いていた。しかし今はなにもない。猫の額《ひたい》のような庭の隅には楓《かえで》と貧弱な松の木がぽつんとあるだけだ。

「ねえ東洋子さん、庭をお花でいっぱいにしてくれないかしら」

「え?」

「ここから見える景色が私の世界のすべてなんだもの。美しいものを見たいわ」

「はい……考えてみます」

お義母さんの気持ちはわかるつもりだ。植物を愛する人間にとって、草木はきっと大きな慰めになるのだろう。だけど、自分は園芸が得意ではない。初心者向きだとされているポトスでさえ枯らせてしまったことがある。

どうしたらいいだろう。

そうだ、鉢植えの花を買ってくるのはどうだろう。それをずらりと並べればいい。

「なにをぐずぐずしてるの？」

「は？」

「早くオムツ替えなさいよ」

「あ」

気づかなかった自分が情けない。

お義母さんが不機嫌だったり、難題を押しつけてくるのは、オムツを替えてほしいときなのだ。何年にも亘《わた》る介護でわかっているはずなのに、その空気をまたしても読み違えてしまった。

「すみませんでした。今すぐに」

足もとに回り込み、掛け布団と毛布をめくる。

丸々と太った白い二本の足が現われた。お義母さんは自分で膝を曲げ、腰を浮かす。そうしてくれることで、格段にオムツを替えやすくなるのだが、この動作を見るたびに、リハビリすれば自力で歩けるのではないかと疑いたくなる。骨折したとはいうものの、手術して治ったのだし、七十歳死亡法案が可決される前までは、少しずつ立ち上がる練習もしていた。しかし、あの法律が決まってからというもの、お義母さんはすべてに対して投げやりになった。「どうせ死ぬのに馬鹿馬鹿しい」が口癖になり、起き上がろうとしなくなった。とはいえ、年寄りは骨折をきっかけに寝たきりになるものだと聞くから、こういうのが一般的なのかもしれない。

紙オムツをはずす。

強烈な臭気が立ち昇った。

思わず息を止め、ゆっくりと口で呼吸する。

オムツ替えのときには余計なことは一切言わないようにしている。なるべく無言でいるのがいい。人にオムツを替えてもらうときの屈辱感といったらどうだろう。お義母さんのつらい気持ちを増幅させないように、てきぱきと済ませることが大切だ。

ウェットティッシュで股の周りを拭き、尿取りパッドを新しいものと交換する。汚れものを新聞紙にくるみ、ビニール袋に入れてしっかりと口を縛った。

「体も拭きましょうか？」

「そうね。お願いしようかしら」

パジャマと肌着を脱がせると、素早く大判のバスタオルをかける。裸を見られて恥ずかしがるのは若い娘の専売特許ではない。衰えて張りのなくなった肌を見られるのだっていやなものだ。自分自身ももう若くないからわかる。だから、部屋には二人しかいないけれど、バスタオルを少しずつずらしながら拭く。

丁寧だけど手早く。手早いけど優しく。これがなかなか難しい。実家の母のようなベテランになるには、まだ何年もかかりそうだ。

背中を拭くとき、大きくえぐれた傷跡が見えた。それを見るたび、感謝の気持ちでいっぱいになる。

「終わりました。どこかかゆいところはありませんか」

「ないわよ」

憮然《ぶぜん》として答える。

――さっぱりしたわ。

こう言ってくれるだけで、こちらの気持ちもずいぶんと違うのだけれど……。

でも、お義母さんは介護がどれくらい大変なものか知らないから仕方がない。お義母さんは嫁の立場での三世代同居の経験もないし、お義父さんに癌が見つかったときは、すでに末期だったから、数ヶ月の入院生活のあとそのまま逝った。つまり、誰の介護もしたことがないのだ。

汚れものを持ってお義母さんの部屋を出た。便が出ていなかったということは、排便は午後からになるのだろうか。便秘で苦しいと訴えられたら、浣腸《かんちょう》をしてあげなければならない。どうかワイドショーの途中に呼ばれませんように。

その日の午後、東洋子はリビングのソファに浅く腰かけ、お茶をひと口すすった。

家の中は静まり返っていて、まるで誰もいないみたいだった。たぶんお義母さんはベッドでうとうとしていて、二階の正樹《まさき》はまだ寝ているのだろう。

ワイドショー番組を観るのがささやかな楽しみだった。最近は七十歳死亡法が話題の中心なので、自分の今後になにか参考になるものはないかと思って真剣に観ている。

――あなたの人生は、残り何年ですか？

ベリーショートの髪型をした女性キャスターが、深刻な表情でこちらを見つめた。ここ何週間か、番組の始まりは同じ台詞《せりふ》である。

今五十五歳だから、残りはあと十五年。あなたと同じよ。

心の中で、キャスターに答える。

そして、夫は五十八歳だから、残りはあと十二年。

お義母さんは八十四歳だから、法律が施行されるまでの二年だ。

――さて、残りの人生を有意義に過ごすためにはどうすべきか、今日もテレビの前のみなさんとご一緒に考えていきたいと思います。それでは本日のゲストをご紹介いたします。

スタジオには、大学教授や国会議員たちが顔を揃《そろ》えていた。いずれもテレビでよく見かける顔ぶればかりだ。

――今日こそ与党の方々に言いたいわ。あなたたち、頭おかしいんじゃないの？　あんな法律、国家の恥さらし以外のなにものでもないわよ。前代未聞だわ。

最初から熱くなっているのは人情家で有名な浅丘範子《あさおかのりこ》だ。六十代の野党議員である。

――浅丘さんこそおかしいですよ。だって前代未聞なんかじゃないでしょう。昔は姥捨《うばす》て山というのがあったのを知らないんですか。

――馬鹿にしないでちょうだい。そんなこと誰だって知ってるわよ。そもそもね七十歳までしか生きられないなんて基本的人権を保障する憲法に違反してるの。それに……私は七十歳まであと三年しかないの。だいたいね、あなたたち、なにかっていうとすぐに沈みかけた日本という船を助けるため、なあんて言うけど、そのためならなにをしても許されると思ってるわけ？

――だけどさ浅丘さん、実際問題、みんな老後に不安感じてんじゃん。七十歳死亡法が施行されれば、老老介護で一家心中しちゃったとか、息子や娘が介護のために働きに出られなくなっちゃったとか、そういう悲惨な暮らしが一挙になくなるんだよ。あたし思うんだけどさ、七十歳までめいっぱい人生楽しんで、さっさと死ぬって理想的じゃね？　人生七十年、もう十分すぎると思うけどね。

厚生労働副大臣のマリンコがにこりともせずに言う。彼女は、貧困な家庭で生まれ、両親の壮絶な虐待に遭い、近所の人の通報で命からがら養護施設に預けられた過去を持つ。中学二年のときに施設から脱走し、渋谷のキャバクラで働きながらひとりで生きてきた。本名は茉莉子《まりこ》だが、AV女優だったときの芸名のマリンコを今も使っている。歯に衣着せぬ言動や悲惨な生い立ちが世間に受けたのか、先の選挙では、まだ三十歳だというのに、トップ当選を果たした。

――あのねマリンコさん、十分な討議が尽くされないまま強行採決されたのよ。与党のあなたたちはとっても罪深いことをしたの。いつか歴史に裁かれるときが来るわ。きっと来る。絶対来るわ。

浅丘が決めつける。

東洋子は大きなため息をついた。

時間をかけて討議することに、なんの意味がある？　話し合えば結論が出るという種類の問題ではない。

人道に悖《もと》る法律だと怒りまくっている人に対して、日本経済が疲弊《ひへい》しているデータを示したところで、譲れないものは譲れないに決まっている。一方で、悲惨な介護生活をしている人に、いくら人情話を聞かせたって、きれいごとにしか聞こえないだろう。

つまり、話し合いはいつまで経っても平行線を辿《たど》る。

——あのね老人というのはね人生の大先輩なの。豊富な経験があって、いわば知恵の塊《かたまり》なわけ。つまり国の宝なんです。それなのに七十歳で死ねだなんて、あなたたちよくもそんなこと……。

浅丘範子は声を詰まらせた。

彼女をゲストに招くのは、もうやめてもらいたい。時間の無駄だ。

彼女の家で、年寄りの知恵が役立っているというのは本当だ。だって、父親も祖父も国会議員だった。選挙に勝つ方法からなにからなにまで親たちのノウハウがなければ今の浅丘はない。引き継いでいるのは知恵だけじゃなくて地盤、鞄《かばん》、看板すべてだ。

——じゃあ浅丘さんに聞くけどさ、認知症の老人でも生きてる意味があると思ってる？

マリンコの質問に、浅丘は眼をむいた。

——あなたに良心ってものはあるの？　あのね私の母は認知症なの。でもね私は母が生きていてくれる、それだけで嬉《うれ》しいの。いまだに母は私の心の支えなんだもの。

やっぱり浅丘を好きになれない。

彼女の母親が御殿場《ごてんば》にある介護施設エメラルド・ガーデンに入所していることは有名だ。以前テレビで特集しているのを見たが、施設というより豪華ホテルみたいで、ヘルパーの人数も十分すぎるほどだった。そして、そこで働くヘルパーときたら、いかにも育ちの良さそうな清潔感あふれる女性ばかりだった。月々の費用がいくらくらいなのか見当もつかないが、大金持ちでなければ入れないことは明白だ。

一日二十四時間、一年三百六十五日、自宅で老人を介護する生活がどういうものか、きっと浅丘は知らない。たぶん、下《しも》の世話もしたことがないだろう。毎日のように介護殺人が起きている現実を、彼女はどう捉えているのだろうか。

東洋子は、そういった悲惨なニュースを聞くたび、他人《ひと》ごととは思えず息苦しくなるのだった。そこに誰ひとりとして悪人がいないからだ。殺人犯となってしまった息子も、被害者となってしまった老母も、かわいそうでならない。

しかしその反面、自分などよりずっと追い詰められている人がいると思うと、正直ほっとするのだった。お義母さんに早く死んでもらいたいと思う自分を、責めずに済むような気がして。

この法律がなければ、介護生活はあと十年も二十年も続いたかもしれない。自分だけじゃない。つらい介護に期限が設けられたということが、今や日本中の介護者の、くじけそうになる心を支えている。

でも、まだ二年もある。

自分に残された人生はたった十五年なのに、そのうちの二年も介護でつぶれる。

十五年の人生は短いけれど、介護の二年は長い。すごく長い。

明日から、いや今すぐにでも自由になりたいと思ってしまう。

——少子化も高齢化も、予想よりずっと早く進んでるじゃん。十年前の人口予測なんてデタラメもいいとこだよ。希望的観測を発表するのが許されていた時代が今では信じらんない。

マリンコのため息が伝染したかのように、テレビの前の東洋子も大きなため息をついていた。

年金保険料を負担する現役世代が年々減りつつある。そろそろ介護保険法がパンクしそうだという。そのため、政府は「介護は家庭で」などと、時代が遡《さかのぼ》ったような方針を平然と打ち出した。

——むーすーんーで、ひーらーいーて？　あんな幼稚園児みたいなことさせられるなんて真っ平ごめんだわ。そりゃ東洋子さんは私が家を空《あ》ければせいせいするんでしょうけどね。

そう言って、お義母さんはデイケアにさえ行ってくれない。

二年後といえば、夫の定年退職の時期と重なる。結婚以来、年がら年中多忙だった夫に時間的余裕ができる。夫が家にいるようになれば、家族の生活も大きく変わるに違いない。

きっと夫は正樹にじっくりと向き合ってくれるだろう。正樹のことは、もう自分の手には負えない。夫は自分と違って社会経験も長いし、なんといっても男同士だ。今までの夫は、正樹に関する話を避けるようなところがあったが、それはたぶん男親として忸怩《じくじ》たる思いがあったからだろう。優秀な父親と優秀な息子という輝かしい図式がある日突然崩れたのだかから、精神的なショックも女親以上に大きかったのかもしれない。だけど、定年後は心にもゆとりができるはずだ。

そう考えると、あと二年の介護生活もなんとか乗りきれそうな気がしてくる。

経済的にも心配はない。夫の退職金は二千万円前後だと聞いている。景気後退のせいで、一部上場企業でも最近はこんなものらしい。七十歳死亡法ができるまでは、二千万円では老後の生活が厳しいものになると思っていた。平均寿命まで生きるとしたら、定年後の人生が三十年近くあるからだ。だけど、七十歳で死ぬことが決まった今となっては、二千万円は結構な額だ。六十五歳からは年金が入るのだし、預金もそれなりにある。もしかしたら退職金の全額を正樹に遺《のこ》してやれるかもしれない。

「東洋子さあん」

そのとき、お義母さんの大声とともにブザーが鳴り響いた。

甲高くて艶のある声だ。声だけ聞いていると若い娘かと思う。

返事が遅れて一瞬の間が開いた途端、「東洋子！　なにしてるの！」と威嚇《いかく》するような声に変わった。

とうとう呼び捨てか……。

悲しくなる。

嫁を呼び捨てにするのは、夫が不在のときだけなのである。

「はーい、なんでしょうか」

返事をしながら廊下を奥へ進む。

ドアを開けた途端、鋭い視線に射すくめられた。寝たきりがきっかけでボケる老人も多いと聞くが、お義母さんは逆だ。日に日に神経が研《と》ぎ澄まされていく感じさえある。

「なにやってたの。何度も呼んだのよ」

介護用ベッドに寝たまま、頭だけ起こしてこっちを睨《にら》んでいる。

「すみません」

「すみませんじゃないでしょう。なにしてたのか聞いてんのよ」

「テレビ観てたんです」

正直に答えた。

台所仕事が忙しかったとか、声が聞こえなかったなどと嘘をつくのはまずい。嘘だとばれたら、執拗《しつよう》に問い詰められることは経験からわかっている。八十を過ぎた老人とは思えないほどの記憶力があり、あとになって矛盾点をついてくる。

「テレビならこの部屋にもあるじゃないの。私と一緒に観ればいいでしょう」

「……はい」

「腰が痛いのよ。早く揉《も》んでちょうだい」

実は自分の腰痛もかなりひどい。ぎっくり腰にならないよう、腰を曲げる角度に常に注意している。

初めてぎっくり腰になったのは、この家に引越してきて荷解《にほど》きをしているときだった。それがきっかけとなり、慢性になった。それ以来、今これ以上動いたらぎっくり腰になる、という瞬間が、直前に察知できるようになっている。

お義母さんはなにかというと、「あなたは若くていいわね」と言うが、私だってもう若くはない。下手《へた》したら自分の方が先に逝くかもしれないと思うのだった。

*

二十九歳の宝田正樹は、その日も夕方近くになって目覚めた。

ベッドに腹ばいになったままリモコンを捜し、テレビを点《つ》ける。起きている間、テレビは点けっぱなしだ。そうしないと、世間から取り残されている気がして不安で仕方がない。

人間関係につまずき、勤めていた大東亜銀行に辞表を出したのは三年前だ。有名大学を出ているし、まだ若いのだから、転職なんて簡単にできると思っていた。にもかかわらず、不採用の通知ばかりが届いた。

どこの企業でも、外国語はできるのか、前職で得た専門知識で生かせるものはあるかなど、根掘り葉掘り即戦力の有無を問われた。新卒のときのように、社内教育で育ててやろうという気はさらさらないらしい。

学生のバイブルとされてきた就活の本は転職には役立たなかった。感じのいい履歴書の書き方だとか、やる気を見せる自己アピールの方法だとか、さらには服装や立ち居振舞いがどうとかこうとか。そんな見かけ上のことに、企業はとっくに騙《だま》されなくなっている。掛け値なしの即戦力を求めていた。

学歴だけでは通じない世界がそこにはあった。不本意ではあったが、会社のランクを少し落としてみた。しかしそれでも結果は同じだった。

――ほう、帝都大卒ですか。卒業後は大東亜銀行に勤めておられたんですね。エリートコースまっしぐらじゃないですか。で、たった三年で辞めた理由は？

人事担当者は例外なく同じ質問をする。

——人間関係が原因で……。

と答えると、

——どこへ行っても人間関係はつきものでしょう。そんなので辞めてたらキリがないですよ。会社ってところは仲良しグループじゃないんですから。

そう言って、呆《あき》れられるのが常だった。

新卒のときは、ゼミの教授の推薦状があったからすんなり就職できた。その当時はそれを当たり前のことだと思っていたから、感謝の気持ちなどたいして持っていなかった。だけど今にして思えば、実はあれが最初で最後のラッキーチャンスだったのだ。

卒業してしまえば、自分にはなにひとつ武器がない。それどころか面接に行くたびにコミュニケーション能力の不足を思い知る。緊張していると、どうやら他人からは不機嫌に見えるらしい。逆にハキハキ答えると、居丈高《いたけだか》に見えるらしい。これではいけないと愛想笑いをすれば、人を小馬鹿にしたニヤニヤ笑いだと受け取られてしまう。人事担当者の顔色がさっと変わったのを見てから慌てても遅い。だからといって慎重に言葉を選んでいると鈍いと思われる。

いったいどうすれば〈潑剌《はつらつ》とした好青年〉といった印象を与えることができるのだろう。

難題だった。とても克服できそうにない。

いや、それよりも、会社を辞めて三年も経っているのがそもそもまずいのだ。

——あなたはその間、なにをされていましたか？

ものの本によると、留学していたとか、資格試験の勉強をしてその結果見事パスしたとか、そういう華々しいなにかがないと、単に怠惰《たいだ》な人間だと思われてしまうらしい。

——次の就職口を決めてから辞めるのが常識ではないですかね。

——かじれる脛《すね》のある人は違いますね。

そうこうしているうちに、なにもかもがいやになった。

それでも、インターネットの就職情報だけは常にチェックしている。でも、もう自信がない。

あの輝かしい学生時代……。

人より優《すぐ》れていると自他ともに認め、自信に満ちあふれていたあのころ……。

最近は、名の通った会社でなくてもいいのではないかと思うときがある。居酒屋かなんかでアルバイトするのはどうだろう。なにもしないよりはずっといいんじゃないか。

だけど、母がなんと言うか……。

きっと嘆《なげ》くだろう。

それを考えると、やはりある程度は名の知れた企業じゃないとまずい。

そのとき、階段をゆっくり上がって来る足音が聞こえた。聞き慣れた母の足音だ。お盆に載せた汁物がこぼれないようにするためか、足取りはいつも慎重だ。

おばあちゃんが寝たきりになってから、一階は消毒液の匂いが充満している。ときにはそれに便や尿の臭いが混じる。そんな場所では、とてもじゃないが飯を食う気にはなれない。だから食事はいつも部屋に運んでもらっている。

脛かじりのお坊ちゃん……。

確かにその通りだ。食事も運んでもらえるし、日当たりのいい部屋を与えてもらっている。壁一枚隔てた隣の部屋は姉貴の部屋だが、何年か前に家を出てひとり暮らしを始めたので今は空いている。両親の寝室は、階段を挟んで北側にある日当たりの悪い部屋だ。

「正樹、夕飯よ」

ドアの外に黙って置いていってくれればいいものを、母は絶対にそうはしない。

「正樹、いるの？」

いるに決まっている。夜中以外は外出しないことに決めているのだから。

この部屋には、テレビやＤＶＤレコーダーはもちろん、小型の冷蔵庫まであるし、トイレは二階にもある。一階に下りるのは入浴するときくらいだ。

「ねえ正樹、まだ寝てるの？」

ドアを開けて顔を見せるまで、母はドアの前を去ろうとしない。

一日一回は顔を見て、安否確認をしたいらしいのだ。そのことが鬱陶《うっとう》しくてたまらず、怒鳴り散らしたことが一度だけある。そのあと激しい自己嫌悪に陥り、その夜はなかなか眠れなかった。

学生時代から、「ああはなりたくない」という人間像があった。それは、いい歳をして親の経済力に甘え、身の回りの世話まで母親にさせている自立できない男たちだ。まさか、自分自身がそんな典型的なダメ人間になろうとは思ってもいなかった。

そのうち、小説やドラマに出てくるような、ちょっとしたことでキレて暴《あば》れ出すような引きこもりになってしまうのではないか。そう思うと恐くなる。

「正樹、顔を見せなさい」

母は今日も辛抱強くドアの前で待っている。

ドアを細く開けた。

「あら、生きてたのね」

そう言いながら、お盆を差し出す。

ご飯に焼き魚に大根おろしにほうれん草の胡麻和《ごまあ》えに具だくさんの味噌汁。

栄養バランスの取れた献立……。母の期待を感じる。やはり一流企業に就職しなければならない。居酒屋の店員ではダメだ。

ラップで包んだおにぎり三個と密閉容器のサラダは夜食用だ。毎日、夕方近くになって起きるので、一日の食事は夕飯と夜食の二食だ。こちらの勝手気ままな生活時間に、母は合わせてくれている。本当に申し訳ないと思う。

だが、管理栄養士の資格を持つ母の料理は、野菜と魚が中心の、年寄り臭いものばかりだ。ありがたいと思う反面、たまには唐揚げやウィンナーが食べたくなる。就職もできないくせに、そんな小学生じみたことを考える自分が情けなくてたまらない。

お盆ごと受け取り、すぐにドアを閉めようとすると、母がドアをぐいっと外側に引いて、部屋の中をのぞき込もうとした。

「掃除してる？」

「一応、してる」

テレビドラマなんかで見る引きこもりの部屋といえば、ゴミが散乱していて腐臭が漂っているような設定が多いが、自分は違う。ある程度の清潔さは保つようにしている。そうしないと、どんどん引きこもりという深みから抜け出せなくなるような気がするからだ。

ドアを閉めて鍵をかける。

母のため息がドア越しに聞こえた。

部屋の真ん中にある小さなテーブルにお盆を載せ、テレビを観ながら食べる。視聴者参加番組『みんなでおしゃべり』の時間だ。

スタジオには、大勢の老若男女が階段式の椅子に座っている。

――年寄りばかりを優遇しているとおっしゃいますけどね、私たちだって若いころは一生懸命働いて高度成長を支えてきたんですよ。それを七十歳になったから死ね、ですか？　信じられないですよ、まったく。

白髪の男性が早口でまくしたてている。

「高度経済成長か……年寄りって、そればっかりだな」

年々独《ひと》り言が増えてきていることは自分でもわかっている。

最初はヤバイと思った。頭がおかしくなりかけているんじゃないかと恐くなった。だから、絶対に言うまいと気をつけていた。でもある日、気づいたのだ。自分の場合、独り言を言わないと、一日中ほとんど声を出さないのだと。そんな暮らしを続けていたら、いつか声が出なくなる気がして、最近は気にせずしゃべることにしている。

――僕たち若者の方が、昔の人よりずっと必死で働いてますよ。

作業服を着た若い男が口を尖《とが》らせて言い返した。

――サービス残業だから数字に表われていないだけで、本当は長時間労働っすよ。それに、実力主義なんてかっこいいこと言っちゃってるけど、要は賃金カットでしょ。リストラや降格人事がしょっちゅうで、うちの会社でもみんな疑心暗鬼になってて、俺だってもうめちゃくちゃ性格悪くなっちゃいましたよ。

その隣でしきりにうなずいていた男が手を挙げる。

――厚生年金保険料のことなんですけど、給料からごっそり天引きされてますが、僕たちが歳を取ったときには少ししかもらえないって、そんなことを今のうちから発表してしまう政府の正直さって、どうなんでしょう。怒りを通り越して呆れるしかないって感じなんですけど。

――君たちね、一度じっくりと地球儀を見てごらんなさいよ。日本というのは、びっくりするほどちっぽけな島国なんだ。それなのにGDP世界第二位だとか第三位だとか、ね、これはすごいことなんだよ。それを実現したのは我々なんだよ。年寄りに対する感謝が足りないよ。

老人対若者という図式での応酬が続く。

――GDPが何位だろうと、実際にはホームレスもたくさんいるし、生活保護が受けられなくて餓死する人もいますよ。いったい日本人の誰が金持ちなんですか？　自殺者は毎年三万人と発表されてるけど、その陰に未遂者が三十万人もいる。つまり、日本はとっても生きていきにくい国なんです。

沈黙が流れた。

——あらら？　スタジオがしんとしてしまいましたね。あのう……ほかにご意見お持ちの方いらっしゃったら……。

司会役のアナウンサーが慌ててスタジオ内を見渡すと、五十代半ばくらいの男性が手を挙げた。

——自殺の原因の多くは家庭経済の行き詰まりです。国家経済も破綻《はたん》している。つまり日本を救うには景気対策しかないんです。もう一度、経済大国日本を蘇《よみがえ》らせましょう。

そうだ、そうだと賛成の声がスタジオのあちこちから湧き上がる。

いったいどうすれば景気が浮揚《ふよう》するというのだろう。自分は経済学部を出ているが、見当もつかない。今までも、政府が様々な手立てを施してきたが、どれもうまくはいかなかった。

——もう消費の時代じゃないと思います。エコな暮らしの方がかっこいいという風潮が、若者の間にどんどん広まっています。

凛とした感じの若い女性がそう言うと、そのあとまた間が空いた。

最近は、七十歳死亡法を廃止に追い込もうと運動するグループが続々と増えているというが、こういった番組ではいつも劣勢になる。法律が施行されれば年金問題も解消され、老人施設だってほんの少しで足りることになる。つまり、日本が抱えるほとんどの問題が一挙に解決するのだ。そのうえ、余った財源は、七十歳未満で病気に苦しんでいる人々や子供や障害者に回せるというオマケもつくらしい。今までみたいに赤字国債も発行しなくて済む。医療費も大学の授業料もタダになると試算する経済学者もいる。

つまり、七十歳死亡法ほど強烈に日本を立ち直らせる方法がほかにはないのだ。

——お金持ちの老人に対しては年金も医療費も打ち切ることにすれば、なにもあんな法律を作らなくても、経済は立ちゆくんじゃないでしょうか？　だって、日本の老人はお金持ちが多いでしょう？

ジーンズ姿の若い男性が発言すると、ゲストとして呼ばれている与党議員の女性がすかさず手を挙げた。

——どうやってひとりひとりの財産を調べるの？　国民総背番号制どころか住民基本台帳ネットワークシステムでさえ大反対している自治体があるっていうのに。どうせまた、個人情報の漏洩だとかプライバシーの侵害だとか言って、野党が大騒ぎするに決まってるわよ。

——そうそう、その通り。

与党議員の男性が同調して続ける。

——どんな政策でも必ずどこかから文句が出るんだよ。高齢者の自己負担を引き上げようとしたら、全国の老人から政府に抗議の電話がかかってくるし、診療報酬を引き下げようとしたら日本医師会が圧力をかけてくる。そして、金持ちから金を搾《しぼ》り取ろうと思って不動産の課税強化を提案したら不動産業界から非難の電話が鳴りっぱなしだし……。

——みなさん、残念ながらそろそろお時間となって参りました。ではいつものように、最後にクイズをひとつ差し上げます。

そう言って、アナウンサーはスタジオ内を見回した。

——どんなに不利益な政策を実施されても、ひと言も文句を言わない人々が日本にはいます。さて、それは誰でしょう？

スタジオ内はしんと静まり返った。互いに顔を見合わせて首をひねったり、腕組みをして考え込んだりしている。

——どうですか、あなた、わかりますか？

アナウンサーが中年男性に尋ねる。

——わかりません。

「誰だろう」

どんなに不利な法律ができても文句を言わないやつって……。

——私、わかります。

そう言って、さっきの凜とした女性が手を挙げた。

——はい、ではあなた、お答えください。

——答えは、若者です。

——正解です。

はっと息を呑み込んだような面々がアップになる。

——それではまた来週お会いしましょう。さようなら。

知らないうちに、夕飯を残さず平らげてしまっていた。

人間の身体って本当に不思議だ。一日中なにもせず、だらだら過ごしているだけなのに、なぜか腹は減るし、一日に十二時間以上も眠っているのに、食べたらすぐにまた眠くなる。

サラリーマン時代を思い出すたび、昼寝もしないでよくも日中ずっと起きていられたものだと感心してしまう。

だけど、とにかく……みんな七十歳になれば死ぬってことだ。

異常かと思うほど威圧的だった上司の顔や、そんな上司に同調した裏切り者の同僚の顔が次々に思い浮かぶ。

あいつら……やっぱりどうかしている。

うまく渡り合って出世したところで、最後は一緒じゃないか。

どうせ死ぬのに、なにを四苦八苦してんだ？

ふふっと思わず嘲笑《ちょうしょう》が漏れる。

あれ？　ちょっと待てよ。

七十歳死亡法なんかなくても、人間はいつかみんな死ぬんじゃないのか？　いや、それどころか病気や事故で若くして死ぬやつだってゴマンといる。

俺は今二十九歳だから、七十歳まであと四十一年。

途方もなく長い。

長すぎて……いやになる。

どう考えても、このままでいいわけがない。

やっぱり、あの上司も同僚も、誰が見たって引きこもりの俺なんかよりずっと偉い。俺は自分の食い扶持《ぶち》すら稼いでいない。病気でもない。それどころか、こんなに食欲もあって睡眠時間もたっぷりなのに働いてない。どう考えても人間のクズだ。

どこかに就職しなければ……。

このままこの家にいて、年老いて皺《しわ》だらけの老人になるなんて、想像しただけでぞっとする。

親父は五十八歳だから、七十歳まであと十二年。

母は五十五歳だから、あと十五年。

おばあちゃんは八十四歳だから、法律が施行されるまでの二年。

この三人の中で最後に残るのは母だ。母が死ぬとき、俺は四十四歳。

親父の世代は、おじいちゃんの世代と比べると、受け取れる厚生年金の額はがくんと減るらしい。だけど、預貯金はそれなりにあるんだろうし、親父が亡くなっても母が生きている限りは遺族年金も入る。つまり、専業主婦の母は死ぬまで経済的に困ることはない。そして、母が生きている限り、俺は食うには困らないということだ。

食事も今まで通り運んで来てくれるだろうし、母が死ぬときは、預金も残しておいてくれるに決まっている。自分に対する母の気の遣いようを見ていればわかる。一年三百六十五日、バランスの取れた食事を毎日用意し、息子の顔を一日一回は見て安否確認をしようとするくらいだ。

それより、この家はあと四十年ももつほど頑丈なのだろうか？　今現在、築何年になるのだろう。

万が一、財産が底をついたら？

「おいおい、俺ってもう終わってんのか？」

思わず自分に突っ込みを入れる。

一流企業に再就職するんじゃなかったのかよ。

だけど……転職できずに三年も経てば、誰だってめげるさ。

パソコンの前に移動してネットを立ち上げる。

今日もまた〈七十歳死亡法〉で検索してみた。昨日よりさらにヒット件数が増えている。

「みんな関心あるんだな」

この法律騒ぎのおかげで一日が短くなった。現実から目を背けたまま毎日が飛ぶように過ぎ去ってくれる。今回みたいな世間を騒がせる大胆な法律は大歓迎だ。

パソコンの前に座り、ネットサーフィンをしていると、七十歳死亡法についてのアンケート結果が目に飛び込んできた。

大手新聞社の世論調査によると——

賛成——二十八％

反対——六十八％

わからない——四％

想像していた通り、反対が圧倒的多数だというのに、よくもこんな無茶な法案が通ったものだ。というのも、この前の総選挙で与党が過半数を大幅に上回ったからなのだ。
しかし、年寄りの集団でもある与党議員たちが、なぜ賛成したのだろう。この法律のために、ほとんどの議員があと数年しか生きられないというのになんとも不思議なことだ。
まさか、国会議員経験者だけはこの法律から逃れられるとか？　そんな馬鹿な……。
ネット上には、二十代と三十代に対象を絞ったアンケート結果もあった。
賛成——八十七％
反対——十％
わからない——三％
若者だけのアンケートだと、賛成が九割近いのに、全体だと三割を切る。いつもそうだ。年寄りが圧倒的多数を占めるから、年寄りの意見が全体の意見となってしまうのだ。選挙にしたって同じだ。年寄りは人数が多いうえに投票率が高い。それに比べて若者は投票に行かないから、若者の意見は反映されない。困ったものだ。そういう俺も投票には行かないのだが……。
公平なのは、『みんなでおしゃべり』だけだ。スタジオには十代から八十代までの人間が均等に配置されている。
夜も十一時を過ぎた。そろそろ沢田登《さわだのぼる》がブログを更新するころだ。

沢田は中学時代の同級生だ。入学してすぐのころ、互いにSL好きだと知ったのがきっかけで仲良くなった。しかし、卒業間際のささいな口喧嘩《げんか》がもとで口を利かなくなり、そのまま卒業してしまったのだった。あれから一度も会っていない。

彼のブログは、〈今日のいやがらせ〉という欄が中心に据えてある。ギスギスした社内の人間関係が真に迫る、思わず目を背けたくなるような内容ばかりだ。やつはネットの匿名性《とくめい》を過信しているようだけど、俺には、このブログの主が沢田だと簡単にわかってしまった。

ある日なに気なく〈大東亜銀行〉と〈引きこもり〉のキーワードで検索したところ、このブログが引っかかった。

——俺の知り合いで、せっかく大東亜銀行に就職できたのに、さっさと辞めて引きこもりになってしまったやつがいる。そいつを仮にMとする。Mとは中学時代、SL好きという共通の趣味をきっかけに仲良くなった。Mの家は中学に近かったので、学校帰りによく遊びに行ったもんだ。Mには姉ちゃんがいるんだけど、桃佳《ももか》っていうかわいい名前に似合わずしっかり者って感じで……。

〈姉ちゃん〉が〈桃佳〉とくれば……。

すぐに自分のことだとわかった

このブログの主は誰だ？　考えるまでもなく沢田しかいなかった。

急いで次の文章に目を走らせた。

——噂によると、大東亜銀行を辞めたあと転職先が見つからないらしい。あんな優秀なやつでも再就職できないという厳しい現実が、今の俺を支えている（笑）。Mに転職が無理なら、俺なんてどうなるわけ？　今の会社にしがみついている以外、生きる道はないってことだ。

この文章を見つけて以降、このブログから目を離せなくなっている。

中学生のときの喧嘩の原因は、大井《おおい》川《がわ》鉄道のSLに乗りに行こうと沢田を誘ったことだった。金がないから無理だと沢田が言ったので、君の分も出すよと言った。その途端、あいつは烈火のごとく怒った。だけど、どうしても一緒に行きたかったのだ。高校生になったら、また受験勉強に追われる。そう考えると、中学を卒業して高校に入学するまでの、ぽっかり空いた貴重な休みを逃すわけにはいかなかった。自分だってそんなに金を持っていたわけじゃない。小学生のころから貯めていたお年玉貯金を全部下ろすつもりだったのだ。しかし数日経って、あいつが深く傷ついたことに思い至ったとき、もう謝ることはできなかった。弁解すればするほどさらに沢田を傷つけることが容易に想像できたからだ。それ以降は目を合わせられなくなった。そして卒業式を迎えた。

沢田と会わなくなってからすでに十五年近くが経つが、数ヶ月前に沢田のブログを見つけて以来、今では目を通すのが日課となっている。

だけど、読むと必ず落ち込むのだ。だったら読まなきゃいいと自分でも思うのだが、でもなぜか読まずにはいられないのだった。

「さて、今日の沢田の様子は？」

——三月三十日
まるで小学生だぜ。課内全員で俺を無視することが流行《はや》っているらしい。主任までもが俺と口を利いてくれないから、仕事の指示が来ない。俺を干した挙句《あげく》、怠け者のレッテルを貼って馘《くび》に追い込もうとしているのは見え見え。それにしても、ここまでモラルの低い会社だったとはね。
みんなに質問。このブログを読んでるおまえらの中で、誰かに目の前で挨拶されて無視する勇気のある人間、いる？
俺はそんな勇気ないよ。でも、うちの会社は勇気ある人たちばかり。尊敬します（笑）。まっ、でも、イジメられてるのが俺だけじゃないっていうのが救いといえば救い。女子社員の中にもひとりいるけど、歯を食い縛って耐えている。というのも、母子家庭の母親だからね。今の世の中、ここ辞めたら二度と契約社員の口なんてないよ。

同病相憐《あわ》れむなんてガラじゃないから声をかけたことはなかった。だけど、今朝出勤したとき、たまたまエレベーターに乗り合わせたんだ。雑居ビルだから、ほかの会社の細身の男がひとりいて合計三人。俺が「おはようございます」って元気よく挨拶したら、な、なんと、彼女、俺のこと無視しやがった。あんな狭い空間で無視できるなんて、偉い！（笑）で、全然関係ない細身男が慌てちゃった。そりゃそうだよな。彼女がなんにも言わないってことは、挨拶されたのは自分じゃないかと思うよな、普通は。

細身男は、かわいそうなほどきょろきょろしちゃって、「えっと……あのう……おはようございます」とかなんとか消え入りそうな声で返してくれたよ。彼の会社は、きっとまともなんだと思う。羨《うらや》ましいよ。ちなみに俺は、今日から部署中に聞こえるようなでかい声で挨拶することに決めた。乞うご期待。

「沢田、おまえは強いよ」

こんな酷《ひど》い目に遭っているのに沢田は会社を辞めない。その強さを知るたびに自分は落ち込むのだ。

ブログを読む順番はいつも決まっている。最初が沢田のブログだ。彼の日常を知れば知るほど焦燥感《しょうそうかん》でいっぱいになる。叫び出しそうになる。だから、そのあと急いでコウモリのブログを読む。ネットサーフィンをしていて偶然見つけたブログだ。コウモリは、俺より引きこもり歴が長い上に、すでに中年だ。コウモリの動向をここ半年ほど追跡しているが、今のところ自立する気配がないことがなによりも嬉しい。

先のことは考えたくない。

考えたってしょうがない。

家もあるし食事も出るし、困ることはなにひとつない。

そう自分に言い聞かせる。

日本は豊かな国だ。その証拠に、この家には父以外に稼ぐ人間がいないのに、四人もの大人が普通に暮らせている。母は介護と家事に専念しているから一円も稼いでいないし、自分は引きこもりだし、おばあちゃんは寝たきりだ。それを考えると、人生なんて深刻に考えなくてもなんとかなるんじゃないかと思う。実際、コウモリだって四十六歳だ。

そのあと、だらだらとネットを見ていると、腹が減ってきた。部屋の隅にある冷蔵庫を開けたが目ぼしいものがない。母が作った夜食があるにはあるが、たまには違うものが食べたかった。

仕方がない。買い出しに行こう。最近はますます食欲が増しているから、大量に補充しておいた方がいい。そっと階段を下り、玄関を出て自転車にまたがる。

駅前のコンビニは、知った顔に出会う確率が高いから危険だ。そう考え、反対方向へ漕《こ》ぎ出す。住宅街の奥へ進み、角地にひっそりと建っている店へ入った。

のり塩かコンソメか……。

ポテトチップスの棚の前で迷っているときだった。見知らぬ女性がこっちをじろじろと見ているのが視界の隅に入った。他人から見ると、自分はどこか変なのだろうか。服装や雰囲気から、引きこもりだとわかるのかもしれない。

「もしかして、宝田くん？」

「えっ？」

「やっぱり宝田くんだ。私、三中で一緒だった峰《みね》だよ」

「えっ……峰？」

「そうだよ、峰だよ、峰千鶴《ちづる》。忘れちゃった？」

「……あぁ！　憶えてるよ。久しぶり」

峰千鶴は、女子陸上部のキャプテンだったし勉強もできた。それに……初恋の女性だ。しかし、少年みたいだったあのころとは違い、髪も長いし、うっすらと化粧までしている。

「この間、偶然、山川《やまかわ》先生に会ったんだけど、そのとき宝田くんは三中の卒業生の出世頭だって得意げに話してたよ。現役で帝都大に入ったって聞いたけど、ほんと？」

「まあ……一応」

「すごーい！」

千鶴の持っているカゴが目に入った。ミネラルウォーターと日経ビジネスが無造作に入れられている。

やばい！　自分のカゴには履歴書用紙が入っているのだ。

次の瞬間、ポテトチップスの大袋を素早く棚からつかみ取り、カゴに入れた。すると、うまい具合に用紙が隠れた。

「じゃあ大東亜銀行にいるっていう話も本当なんだ？」

「え？　ああ、まあ」

かつて憧れていた女性が、俺のことをこれほど知っててくれるなんて思いもしなかった。それだけに、今現在の体《てい》たらくについては知られたくない。早々に退散した方がよさそうだ。

「急ぐから」

そう言い置いて、足早にレジへ向かう。

しかし、千鶴も買い物は済んでいたようで、すぐ後ろに並ばれてしまった。しかも悪いことに、レジは混んでいて、列ができていた。

「うちは工務店やってるんだけど、父が入院しちゃったもんで、私が継いだの。なんせひとり娘だからね」

「え？」

思わず振り返り、彼女を見つめた。

意外だった。弁護士になるのが夢だと卒業文集に書いてあった。

「うちは母親が早くに亡くなって、父ひとり子ひとりなの。だから家のことを放り出すわけにもいかなくてさ。その点、宝田くんはいいよね」

「いいって、なにが？」

「サラリーマン家庭の人って、自由に将来を選べるじゃない。羨ましいよ」

自由に選べるどころか、どこにも就職できないのだが……。

「でもね、やってみたら意外とおもしろいんだよ。リフォームは奥が深くてね、研究のし甲斐《が》があるっていうのか、要は私に向いてたみたいでさ」

「へえ、それは……」羨ましい。

学生時代は、家業を継ぐなんてかっこ悪いと思っていた。だから、家が商売をやっている同級生を羨んだことなんか一回もない。しかし今になってみると……。

もしも自分の家が峰千鶴の家のように工務店だったら？

蕎麦《そば》屋だったら？

和菓子屋だったら？

そしたら履歴書も必要ないし、面接で厳しく突っ込まれることもない。そして目の前には仕事がある……。

「はい、これもらって」

そう言いながら千鶴は名刺を差し出した。その屈託のない笑顔が眩しくて、思わず体の向きを変えた。

――誠心誠意、真心込めて◆リフォーム・ミネ◆

名刺を見つめた。いつか再び、俺も名刺を持てる日が来るのだろうか。

「ところで宝田くんて、彼女いるの？」

千鶴がいきなり尋ねてきた。どうしてそんなことを聞くのだ？　まさかとは思うけど気があるとか？

「いないけど……」

「うちはね、どんな小さな仕事でもOKなの。例えばドアの立てつけが悪いとか、襖《ふすま》を一枚張り替えるだけとか。安くしとくからよろしくね」

そう言って、にっこり笑う。

気があるんじゃなくて、単に商売上手らしい。仮に恋人がいると答えていたら、じゃあ結婚の予定は？　もしリフォームのご用命があれば是非うちにとかなんとか言うつもりだったのかもしれない。

　レジ台にカゴを載せる。履歴書用紙を千鶴に見られたらどうしようかとドキドキしていたが、レジ係の男性店員がさっと袋に入れてくれた。

「帰りはいつも遅いの？　大東亜銀行って、年がら年中午前様っていうほどきついって聞くけど」

「いや……まあ、いろいろ」

　宙に目を泳がせると、レジの男が目に入った。

　てきぱきとしているうえに愛想もいい。たぶん学生だろう。ここで深夜アルバイトをして、昼は大学へ通って……立派だ。きっと充実した毎日を送っているに違いない。

　周りの人間がみんな偉く思える。

　俺はいったいなにやってんだ。レジのアルバイトでもなんでもいいから、働いた方がいいんじゃないか？　家でなにもしないでいるより、ずっと上等だ。

　でも……帝都大出てバイトかよ。

「千四百九十七円です」

「宝田くん、今、どこの支店にいるの？」

「千五百円頂戴いたします」

「ねえ、今度、口座作りに行こうかな。窓口にいること、ある？」

もう嘘はつけない。

「……辞めたんだ」

「えっ、辞めた？　なにを？」

店員がちらりとこちらを見た。こいつ、俺のこと軽蔑しているのかも。

「まさか、大東亜銀行を辞めたとか？　違うよね」

どうして違うのか。

どうして、まさかなのか。

それほど非常識なことなのか、それほど俺は馬鹿なことをしたのか。

「そうだよ」

「なにがそうなの？」

「だから辞めたんだよ」

「えっ、ほんと？　どうして？」

「関係ねえだろ」

思わずつっけんどんな言い方になってしまった。それなのに、千鶴は怯《ひる》まない。

「じゃあ、今はなにしてるの？」

「三円のお返しです。ありがとうございました」

「急ぐから。じゃあ」

逃げるようにして店を出た。

すぐに自転車にまたがり、猛スピードで漕《こ》ぐ。風が冷たい。

人生が順調にいっているときは、学歴や勤め先が噂になるのは大歓迎だった。でも、歯車が狂ってからは自分の存在自体を忘れてほしいと思うようになった。

遠くへ行ってしまいたい。目先の転職のことばかり考えていたが、このままいけば将来、千鶴のようなかっこいい女性とつきあうことも、もう夢の夢なのだ。じゃあなにが楽しくて生きていくんだ？

ともかく、これからは、買い物は母に頼むことにしよう。駅前の店じゃないからといって誰にも会わないというわけではないらしい。

＊

東洋子は、固く絞ったタオルで姑《しゅうとめ》の体を拭きながら、今までのことをぼんやりと思い出していた。

十三年前にお義母さんが脳梗塞《のうこうそく》で倒れたときは……。

左半身に軽い麻痺《まひ》が残っただけで、介助すればひとりで用も足せたし、杖をつけば歩くこともできた。それが一気に寝たきりになってしまったのは、ちょっとした段差につまずいて大腿骨《だいたいこつ》を折ってしまったからだ。

救急車で運ばれたときは、脳震盪《のうしんとう》を起こしていて意識がなかった。色白で華奢《きやしゃ》だったこともあり、儚《はかな》い雰囲気が漂っていて、いかにも生命力が弱そうに見えた。だからか、仮に介護が必要になったとしても、わずかな期間だろう、もう長くはないだろうからと、夫も義姉妹も言った。

それから介護の日々が始まった。

介護生活が終われば旅行もできる、陶芸も再開しよう、ほんの数ヶ月だけ、そう思って我慢してきた。

それなのに、まさか十年以上も続くとは……。

食べることだけが楽しみとなったお義母さんは、今ではまるまると太っている。

夫の姉妹は、忙しいからと言って、なにひとつ手伝ってくれようとしない。そのくせ、忘れたころにやって来ては文句をつける。

——お母さんがかわいそう。世話するだけじゃなくてもっと話し相手になってやってよ。介護に心がこもってないからあんな寂しそうな顔つきになるのよ——

来るたびに注文をつけ、お義母さんのところに届いた中元や歳暮を根こそぎ持って帰る。

一度など、義姉が持って帰ろうとした物の中に、夫宛ての中元が混じっていたことがあった。かなり遠回しに指摘したつもりだったが、「ケチな嫁だ。恥をかかされた」などと親戚中に言い触らされてしまった。それ以来、夫に届いた品物は、すぐに二階の納戸へしまうようにしている。

夫も夫だ。残業が多くて疲れているのはわかっているけれど、せめてお義母さんの話し相手くらいはしてほしい。それなのに土曜日はゴルフに出かけ、日曜日は疲れたと言って昼を過ぎても寝ている。

長女の桃佳にしたって、ひとり暮らしを始めてからは滅多に帰ってこなくなったし、正樹は二階から下りて来ない。

いったい、家族ってなんなのだろう。

誰も自分の苦労をわかってくれようともしない。

いや……違う。実家の母は違った。

祖母の介護をしていた母は、愚痴など一度も言わなかった。祖母は認知症が進んでいたから、介護の大変さは自分の比ではなかったはずだ。それに、父には兄弟姉妹が五人もいて、全員が近くに住んでいたのに、母は助けを請《こ》わなかった。

——結局は誰かひとりが背負わなきゃいけないからね。

中途半端な手助けは、却って負担になると母は言った。あのころの母の心の中に、悪魔はいなかったのだろうか。いつごろからか、自分の心の中には悪魔が棲《す》むようになっている。

「……東洋子さん、聞いてるの？」

「えっ？」

「なにをぼうっとしてるのよ。昨夕《ゆうべ》の煮物、味が濃すぎたって言ってるのっ」

以前のお義母さんは、こんなきつい言い方をする人ではなかった。

——すみませんねえ、東洋子さん、ほんと申し訳なくて。

——いいんですよ、お義母さん。遠慮なくおっしゃってくださいね。

毎日の会話がこういう調子だったのは、いつまでだったか……。いつの間にかお義母さんは、身体が不自由なんだから世話をされて当たり前と思うようになったのだろうか。

介護を始めたばかりのころは、身体を思うように動かせないお義母さんのいら立ちに同情もした。介護に慣れない自分は、気の利かない点がたくさんあったから、反省の日々でもあった。自分だっていつかは誰かの世話になると思えば我慢もできた。だけど、七十歳で死ぬとなれば、寝たきりになる確率は誰しもかなり低くなる。だからこのごろは、うんざりした顔をうまく隠せなくなってきた。

いっそお義母さんが癌だったら良かったのに……。

あと三ヶ月の命です、などと医者に宣告されたなら、もっと優しくできたと思う。我儘《わがまま》にも腹を立てない自信がある。だって、たった三ヶ月間の介護なのだから。

ああ、やっぱり同居なんてするんじゃなかった。同居さえしていなければ、今ごろは夫の姉か妹がお義母さんの世話をしていたはずだ。お義母さんにしてみたって、嫁なんかより実の娘の方がいいに決まっている。

——都内に実家があるっていうのに、どうして何千万円もの住宅ローンを組んでマンションを買うの？　長男なんだから、私たちと同居すればいいじゃないの。

お義母さんから同居の提案があったとき、桃佳は中学生で正樹は小学生だった。ちょうど社宅を手狭《てぜま》に感じるようになっていたときだ。

そのころ、マンションや家を買って社宅を出て行く同世代の家族がぽつりぽつりと見受けられるようになっていた。意気揚々と引越していく家族を見送りながら焦りを感じた。入れ替わりに若い夫婦が引越してきて社宅の世代交代が進んでいく。そんな中、いつまでも社宅に残っているのは、貧乏の証《あかし》みたいで惨めだった。

お義母さんの提案に、夫はすぐ乗り気になった。

もちろん自分は、同居の煩《わずら》わしさを考えて二の足を踏んだ。しかし、家を買わなくて済むのなら、教育費に回せるお金が多くなる。それを考えて決断したのだった。

社宅からこの家に引越してきたころの正樹は、どんなだっただろうか。自分が見落としていただけで、引きこもりになる芽はすでに出ていたのかもしれない。たぶん母親の自分が社宅の主婦たちに馴染めなかったことが、正樹に悪影響を与えたのだ。元来、自分は協調性に欠けるところがある。そのことは学生時代から自覚していたから、常に気をつけているつもりだった。得意でない愛想笑いも頑張ったし、社宅の敷地内で会えば、誰彼なく挨拶した。

しかし、主婦同士の噂話だけは、どうしても苦手だった。彼女らの間には派閥や年齢による上下関係もあり、そこに夫たちの役職も絡《から》んで、人間関係は複雑怪奇なものだった。考えた末、少し距離を置いて中立の立場を取ることにした。だが、それが裏目に出た。いつの間にか、どの派閥からも異端者のように扱われるようになっていた。そういうことが、子供の世界に影響を与えないはずがなかった。

「東洋子さん、ちょっと、聞いてるの?」

「あっ、すみません」

「なんなのよ。ぼうっとしてばかりで、いったいどうしたの？」

「いえ、別に……」

疲労困憊《こんぱい》していて頭が回らないのだ。自分だってもう若くはないし、夜中に呼ぶのだけでもやめてもらえると助かるのだけど……。

「ほんとにもう。何度言えばわかるの？　塩分が多いと血圧が上がるじゃないの」

「え？　だって……」

驚いてお義母さんの顔を見つめる。

つい先日、お義母さんはこう言ったはずだ。

──東洋子さんはどうしてこうも薄味なの。

そして自分はこう説明した。

──お義母さんの血圧が心配なので、塩分を控えて作っているんです。

──どうせ死ぬのに血圧なんて気にしてどうするのよ。

実はこのとき、お義母さんの言い分には一理あると思ったのだった。あと二年しか生きられないのだし、どこへも出かけられなくなってからは食べることだけが楽しみなのだからと考え直し、お義母さん好みの濃い味に仕立てたのだった。

だけど、それはお義母さんの本心ではなかったらしい。

「なんなのよ、その目つき。東洋子さんて、なんだか恐いわ」

「そんな……降圧剤を飲んでらっしゃるから大丈夫ではないかと……」

「私を薬漬けにする気？」

お義母さんが毒舌になる日は、自分の心にも悪魔が忍び寄ってくる。

「腰は痛いし目は霞《かす》むし、つらいわあ。早く死にたい」

「お義母さん……」

死にたいというお義母さんの言葉を聞くたびに、強烈な空しさに襲われる。

朝から晩まで、いや、夜中まで世話をしている自分が、まるで悪いことでもしているみたいだ。一生懸命やればやるほど裏目に出る。自分はいったい誰のために頑張っているのだろう。

――東洋子さんのおかげで、こんなに長生きできて幸せよ。ありがとう。

こう言ってくれた時期もあったというのに……。

自分も高齢になったとき、お義母さんのように我儘放題を言い、息子の嫁を困らせるような老人になるのだろうか。いや、自分は絶対にそうはならない。なりたくない。

あと十五年で自分は七十歳。

若い人にとっての十五年は長いかもしれないけど、五十代の自分は、それがあっという間だと知っている。歳を重ねると、時の流れの速さに慄然《りつぜん》として、立ち竦《すく》んでしまうことがある。「私もこの前まで学生だったのに」などと言おうものなら、桃佳の失笑を買うが、決して冗談で言っているわけではない。

たった十五年……。

ああ自由になりたい。

明日からでも、いや、今すぐにでも。

どうすれば自由になれる？

ここを抜け出すしかない。

つまり、家出？

それはつまり……離婚？

でも、ひとりで暮らすにはお金が要る。

どうすればいい？

お金……お金！

次の瞬間、いきなりお義母さんの部屋を飛び出していた。

廊下を走る。

「東洋子さん、なんなの急に、どうしたのよ」

お義母さんの声が追いかけてくる。「まだ腰が痛いのよぅ。ねえ東洋子さあん、もっと揉んでくれないとぉ、困るじゃないのぉ」

二階に駆け上がり、寝室にある桐《きり》の和ダンスの引出しを開けた。

結婚するときに実家の母が作ってくれた着物が入っている。畳紙《たとうがみ》ごと持ち上げ、腕を差し入れてまさぐると、封筒に突き当たった。中に五十万円が入っている。

お義母さんの介護を始めて数ヶ月経ったころから、なにもかも捨てて家を出たいという衝動的な気持ちをうまく抑えられない日があった。そんな時期、家出する費用として、夫の給料から少しずつ抜き取って貯めたのだった。いざとなればへそくりがあると思うだけで気分が落ち着いた。しかし今になって考えてみると、たったの五十万円でどうやって新生活を始めるつもりだったのかが不思議だ。

いちばん上の小さな引出しを開け、夫名義の預金通帳を取り出す。

家を買わずに済んだおかげか、結構な額が貯まっている。今までの大きな出費といえば、筆頭にくるのが教育費で、その次は屋根の葺《ふ》き替えと水周りのリフォームくらいなものだ。

早いとこ預金を引き出しておこう。

夫名義のキャッシュカードをエプロンのポケットに忍ばせる。

大切なのは、家出を計画していることを誰にも感づかれないことだ。自分がこの家からいなくなったらみんなが困るのは目に見えている。

だって、誰がお義母さんを介護する？

きっと夫も義姉妹も戦々恐々とし、どんな手を使ってでも嫁の家出を食い止めようとするだろう。そしてそれは簡単にできる。嫁にお金を渡さなければいいのだ。

つまり、決行の日までは絶対に怪しまれないようにしなければならない。

「東洋子！」

階下からのお義母さんの金切り声で、はっと我に返った。

私……どうかしてる。

あと二年で自由の身になれるのに、今まで築いてきた家庭を壊すなんて……。

それもこれも、お義母さんのせいだ。本当に腹が立つ。

いや違う。違うそれは。

最も苦しんでいるのはお義母さんなのだ。あと二年と人生を区切られてしまった人に、残された時間を明るく生きろなんて、土台無理な話だ。

それに比べて自分には未来がある。たった十五年とはいうものの、お義母さんが亡くなったあとは天下晴れてこの家でのびのびできる。お義母さんの部屋を客間に戻し、家全体をリフォームしよう。気兼ねせずに友だちを呼ぶことだってできる。

そんな嫁の魂胆《こんたん》を、もしかしたらお義母さんは敏感に察しているのかもしれない。だから、最近ますます機嫌が悪くなったのか。

キャッシュカードと五十万円の入った封筒を慎重にタンスに戻してから、階段を駆け下りた。

「お義母さん、お待たせしてすみません」

「いったいどうしたっていうのよ。いきなり二階に駆け上がったりして」

耳が遠いと言う割には、ちゃんと足音まで聞こえているらしい。

「静夫《しずお》さんが暖房をつけっぱなしで会社に行ったんじゃないかと、ふと心配になりまして」

「やあね、しーくんたら。電気代がもったいないじゃないの」

お義母さんは、五十八歳にもなる息子のことをいまだにしーくんと呼ぶ。

「私もそう思って……だから慌てて二階に上がってみたんですが、エアコンはついていませんでした」

「おっちょこちょいね。なにごとかと思うじゃないの」

そう言いながら、うつ伏せになって目を閉じる。「もう少し左よ、もっと力を入れて」

ほとんど陽に当たっていないせいか、うなじが青白い。簡単に絞め殺すことができそうだった。

「ねえ東洋子さん、今日のお夕飯はなあに？」

少女のようなかわいらしい声音《こわね》だ。

なにがきっかけなのか、お義母さんの気分はころころ変わる。

「なにを召し上がりたいですか？」

「たまには山椒屋《さんしょうや》の巻き寿司が食べたいわ」

「巻き寿司、ですか……」

山椒屋の巻き寿司は一本千二百円もする。鰻《うなぎ》が入っているからだ。

舅《しゅうと》の世代の厚生年金は高額だ。それは舅が亡くなった今でも遺族年金という形でお義母さんに引き継がれている。そのうえ結構な額の預貯金も遺したと聞いている。にもかかわらず、お義母さんは家計には一円も入れてくれない。長男が親の世話をして当たり前という古い考えを持っているからだ。いや、それ以前に、タダで実家に住まわせてやっているという意識が言葉の端々に見え隠れすることすらある。

最近では財産が少しでも目減りすることが不安を煽《あお》るのか、異様なほどケチになってきている。

「じゃあ今から山椒屋に行ってきます」

「自転車で行くんでしょう？」

「いえ、自転車の調子が悪いもんですから」

「まだ修理に出してなかったの？」

きこきこと音が鳴るだけで、故障してはいない。

「歩いて行くので時間がかかります」

山椒屋まで歩いたら十五分近くかかる。

買い物だけが息抜きだった。

自転車が壊れているという便利な嘘を、なぜもっと早く思いつかなかったかと歯ぎしりする思いだ。心の中から悪魔を追い出すには外の空気を吸うのがいちばんだ。

だけど、のんびりと歩くわけにもいかない。お義母さんが外出時間を計っている。今日は昨日より三分長くかかっただとか、二分短かったなどと言われるたびにぞっとする。

「なにを着ていくの？」

お義母さんは首だけ起こし、東洋子の姿を上から下までじろじろと見た。「きれいにして出かけてね」

近所の人々に、宝田家の嫁はいつもこぎれいにしていると思われることが、お義母さんにとっては大切なことだ。

着替えるために二階に上がり、鏡台の前に立った。

毛玉のできたモスグリーンのセーターと膝の抜けたズボン。

リップクリームを塗ったあと、ハンドクリームを頬と手にすり込む。ハンドクリームを顔に塗るようになったら女もおしまいだと言っていたお笑いタレントは誰だったか……。

着替えるのは億劫《おっくう》だった。寝不足のためか、ふらつく。

セーターの上から黒のダウンコートを羽織ると、全身がすっぽり隠れた。

一階に下り、キッチンの引出しから銀行の封筒を取り出した。百万円近く入っている。銀行に行く時間もないので、まとめて百万円おろしてきて、家計費として何ヶ月かに亘って使う。これはお義母さんが倒れてからの習慣だ。

一万円札を一枚抜き取って財布に入れた。


外へ出た途端、冷たい風が頬を刺した。

今朝、洗濯物を干したときは春の陽気だったのに、今日は天候が不安定らしい。

「こんにちは、宝田さん」

声をかけてきたのは、近所のマンションに住む六十代の主婦だった。

「こんにちは。お寒いですね」

「お姑さんの具合、どう？」

「食欲もあって血色もいいですよ」

「それは良かった。で、その後、正樹くんはどうなの？」

近所の人々は、正樹が会社を辞めて家にいることを知っている。これが女の子なら、家事手伝いとか花嫁修業だと言われ、関心を持たれることは少ない。しかし、男の子で、それも帝都大卒ともなれば興味津々らしい。町内が高齢者ばかりとなればなおさらだ。

「正樹は……家で勉強しています」

「あら知らなかった。司法試験でも目指してらっしゃるの？」

「いえ、そういうわけでは……」

「じゃあ、なんのお勉強？」

「ええ、まあ、ちょっと」

無理に笑顔を作り、「急ぐので、ごめんください」と足早にその場を離れた。

大東亜銀行を辞めたばかりのころの正樹は、毎週のようにスーツを着て面接に出かけていった。しかし二年目に入ったころからは、滅多にスーツも着なくなり、友人に会いに出かけることすら減った。三年目の今は、ほとんど家にいる。

正樹がこのまま引きこもりになってしまったらどうしよう。世間には、引きこもって数十年という男性も少なくないという。そういう記事を目にするたび、不安が突き上げてくる。

いや、あの子はそういうのとは違うはずだ。だって、夜中にコンビニやレンタルＤＶＤショップへ行くもの。引きこもりと言われる人たちは、部屋から一歩も出ないと聞いている。だから正樹はそういう人たちとは違う。

いつか立ち直ってくれると思いたい。今まさにもがいているところなのだ。あの子は苦しんでいる。光を見つけようとしているのだ。

考えてみれば、我が家には孤独な人間が三人もいる。正樹とお義母さんと、そして自分。孤独な人間の寄せ集めだ。

山椒屋で買い物を済ませて店を出ると、頬にふんわりと冷たいものが当たった。

商店街の真ん中で、思わず立ち止まる。

雪だった。

バッグから折り畳みの傘を出そうとして、やめた。

ほんの少し両手を広げて深呼吸してみた。

無数の雪片が天から降ってきて、頬や髪や手に落ちては溶ける。

あー気持ちいい。

ちらほらと舞うようだったのが、見る間に本格的になってきた。灰色の雲に隠れて見えないが、厚い雲の向こうには巨大なカキ氷の機械があって、意地悪そうな顔つきの赤鬼がせっせとハンドルを回して下界に落としている。そんな光景が頭に浮かんだ。

赤鬼？

自分の心の中にある悪魔の正体を見た気がした。

赤ら顔で鋭く睨《にら》む大きな目と尖《とが》った牙《きば》……。自分も鬼のように見える瞬間があるのかもしれない。

天を仰いで口を開けると、舌の上に雪が落ちた。

自由の味がした。

ふと視線を感じて目を向けると、自転車に乗った少年が、訝《いぶか》しげな目でこちらを見ていた。

君には想像もつかないでしょう？

こんなオバサンにも、少女みたいな心が残っているなんて……。

ため息をつくと、白くなった息が目の前に広がった。

雪の降りしきる中を歩く。

温かいものが飲みたい。身体の芯まで冷えていた。

最後にカフェに入ったのは、いつだろう。

自動ドアが開く。

「いらっしゃいませ」

コーヒーの芳《こう》ばしい香りが鼻腔《びこう》をくすぐる。

――山椒屋の店先で長い間待たされたんです。

お義母さんにはそう言い訳すればいい。あそこの寿司は人気があるから、作るのが間に合わなくて待たされることが度々《たびたび》あるのを、お義母さんも知っているはずだ。

ほんの十分だけ。

それくらいは許されてもいいはず。

店の中を進みかけて、思わず足を止めた。

たくさんの客がいた。老人ばかりだ。この店の中にお義母さんの知り合いがいたら、あとで厄介なことになる。

やっぱりまっすぐ帰ろう。

怪訝《けげん》な表情の店員を尻目に踵《きびす》を返した。

＊

三十歳の宝田桃佳は、特別養護老人ホームの食堂で、夕食の配膳をしていた。小柄で童顔のせいか、年齢より若く見える。

「もっと早く!」

「追い抜かれるぞ」

隣の娯楽室から、老人たちの大声が響いていた。

桃佳がカウンターから娯楽室をのぞくと、老人たちが風船運びのゲームをしているのが見えた。縦一列に並び、前の人から受け取った風船を背後の人に渡して、その速さを競う。

「ダメじゃないの。また光江《みつえ》さんか」

列の真ん中あたりにいるおばあさんが風船を落としてしまった。

「はい、そこまで、終了」

笛が鳴った。「Bチームの勝ち!」

「光江さんたら、運動神経いかれてるんじゃないの?」

また始まった。

せつなくて桃佳は思わず目を逸《そ》らす。

ここにいる老人たちのほとんどが、他人に対して容赦がない。子供の世界と同様に残酷だ。

「どうせ私が悪いんですよ。Aチームが負けるのはいつも私のせいですよ。もう死んでやる!」

「あんたなんか、そんな簡単には死ねないわよ」

「風船落としたくらいでそんな簡単にお迎えが来るんなら、俺だって毎回落とすよ」

「そういえばさ、毎週デイケアに来てた北山さんね、先週死んだんだって」

「あんなに元気だったのに？　いいわねえ。それこそぽっくりってことじゃないの」

「私もあやかりたいわ」

「俺も」

「どいつもこいつも、なに寝ぼけたこと言ってんだよ。ぽっくり死ねないから俺たちここにいるんだろ」

「だけど、あの法律のおかげで、あと二年の辛抱よ」

最後は死の話題になる。いつものパターンだ。

周りの老人がどのように死ぬのか。誰もが強い関心を寄せている。できればつらい検査を受けずに、そして苦しまずに、痛い思いをせずに死にたい。そんな切実な思いが、ここには渦巻いている。

誰それが眠るように死んだとか、あっけなく死んだと聞けば、一様に羨ましがる。憧れと言ってもいいほどだ。そういう老人たちを見ていると、桃佳は寝たきりの祖母を思い出し、複雑な気持ちになる。

都内に自宅があるのに、マンションを借りてひとり暮らしを始めたきっかけは、祖母の介護から逃れるためだった。以前は小さな印刷会社に勤めていたのだが、介護で疲労困憊していた母は、桃佳に介護を手伝わせるようになっていた。夜中に何度も起こされたら、母ひとりでは体が持たない。それはわかるのだが、桃佳には勤めがあるから、そうそう代わってはいられなかった。

そんなとき、母は申し訳なさそうに言った。

——会社、辞めてくれない？

母の切羽詰まった状態には同情したが、二十代の若さで、社会から隔絶された先の見えない介護生活にずるずると引っ張り込まれるなんて冗談じゃないと思った。私まで巻き込まないで、と叫びたかった。

答えに窮すると、母は言った。

——お金のことなら心配しないで。お小遣いもあげるから。

父の給料に比べたら、小さな印刷会社の事務など安いものだ。それはわかっている。しかし、お金の問題じゃない。そう思ったけど、逃げ場のない母にわかってもらえそうになかったのでなにも言わなかった。

その後、母の疲弊を目《ま》の当たりにする毎日が心苦しくて、家を出ることにした。

会社を辞めろとまで言った母なのに、出て行くのを止めなかった。

――桃佳は正しい。老人の介護に孫の世代まで駆り出すなんて本来おかしなことだもの。

あれからずっと、母を見殺しにしたという罪悪感はつきまとっている。

だから、介護職だけは真っ平ごめん。そう思っていたのに、皮肉なことに今は老人施設でヘルパーとして働いている。それというのも、ひとり暮らしを始めてまもなく、勤めていた印刷会社に社長の姪《めい》が事務職として入ってきたからだ。なんせ家族経営だ。とりたてて美人でもなく、特殊技能があるわけでもない自分の居場所はなくなった。

それからは派遣社員としてあちこちの企業で事務の仕事をした。一生懸命働いたつもりだったけれど、どこの会社でも正社員として登用されることはなく、約束の期限が来たらあっさり契約終了となった。

物流会社の本社で働いていたある日のこと、大口取引先からクレームが舞い込んだことがあった。怒り心頭に発していたのだろう。得意先の営業課長自らがいきなり総務部に乗り込んできた。担当者と押し問答が続いているのを遠巻きにしていたとき、その課長は叫んだ。

――おまえじゃ話にならん。話のわかるやつをつれてこい！

すぐに社員に代わってパート主婦が応対し、ことなきを得た。周りを見渡せば、頭の回転が速くてパソコンにも詳しいうえにソツのないパート主婦が多かった。しかし、そんな彼女たちでさえ正社員に登用されることはなかった。それを考えれば、次第に自分に事務の仕事が回ってこなくなったのは当然ともいえる。派遣会社に登録していても、待機状態が長くなっていった。

結局、行き着いたのは老人介護施設だった。ヘルパーが極端に不足しているらしく、すぐに見習いとして雇ってくれた。

チャイムが鳴り、食事の時間になった。

「あーんして。はい、お口開けてくださいねー」

九十三歳のおばあさんに茶碗蒸しを食べさせる。

ここで働き始めてから三週間。食事の介助やリズム体操の手伝いや掃除には慣れてきたけど、下の世話や入浴介助には、なかなか慣れることができないでいる。

心身ともに疲れ果ててしまい、休みの日は出かける気力もなく、家で寝てばかりいる。今はまだ見習い期間中だから夜勤はないが、聞いたところによると、夜はたった二人の職員で八十人もの老人の面倒をみるのだという。

「次はお豆ですよー」

おばあさんの耳元で大声を出す。

今日の献立は、さわらの黄身焼き、茶碗蒸し、白いご飯、豆腐のすまし汁、うずら豆の甘煮、白菜の浅漬け、みかん一個。歯のない人にはミキサーにかけたものが用意されていて、それぞれの器に、クリーム色、ココア色、半透明などのポタージュ状のものが入っている。

上品な手つきで優雅に箸を使うおばあさんもいれば、前かがみになって犬のように舌で直接食べようとするおじいさんもいるし、手が震えてスプーンで口まで運ぶ間にこぼれてしまうおばあさんもいる。

「あっ、ごめんなさい」

よそ見をしていて、スプーンから百合根《ゆりね》が滑り落ちてしまった。

さっきから何度もドアの方に目をやっていたせいだ。今日の夜勤は、福田亮一《ふくだりょういち》だ。彼はいつも三十分ほど早めに来るから、そろそろ来てもいいころだった。

「野田《のだ》さん、ちゃあんと嚙《か》んでくださいねー」

このおばあさんは、口に入れてあげても、なかなか嚙もうとしないのだ。

「宝田さん、ダメじゃないの」

いきなり後ろから肩を叩かれた。主任の久子《ひさこ》さんだった。

「ほら、見てごらんなさい。口の中にいっぱいご飯が溜まってるでしょう。まだ飲み込んでないのに、次々に口に入れたらかわいそうじゃない」

「えっ……」

「ほら、ごっくんと喉《のど》が上下して飲み込むのを確認してから、次のひと匙《さじ》よ」

ショックだった。

自分はこの三週間、そんなことにも気づかなかったのだ。とにかく手早く済ませようとばかり考え、せっせとスプーンを運んでいた。

「野田さん、ごめんなさい。でも、野田さんたら……言ってくれればいいのに」

思わず愚痴《ぐち》が口をついて出た。

「遠慮してるのよ。世話になっていると思うと言いにくいものなの」

久子さんがそう言うと、野田さんは申し訳なさそうな顔をして上目遣いでちらっとこっちを見た。

「これからは気をつけます。本当にごめんなさい」

食事の介助を終えたあと、テーブルの上をきれいに拭いた。そろそろ亮一が来てもいいころだ。今日こそ話しかけてみようと決めていた。彼の寂しげな横顔に惹《ひ》かれているのだった。

何日か前、久子さんにそれとなく尋ねてみたところ、亮一の祖母もこの特養に世話になっているのだという。彼は両親を早くに事故で亡くし、祖父母に育てられたらしい。その祖父も二年前に癌で亡くなり、今では肉親は祖母だけだという。寝たきりの人は食堂には来ないので、彼の祖母にはまだ一度も会ったことはなかった。

「宝田さん、もう上がっていいわよ」

久子さんに言われて時計を見ると、早番の終了時刻は過ぎていた。

食堂から廊下に出て、窓から外を見下ろしてみると、亮一が駐車場から職員通用口へ向かって歩いてくるところだった。

足音をさせないようにそっと階段を駆け下り、偶然を装ってゆっくりと廊下を歩く。

「お疲れ様です」

思いきって声をかけた。

「どうも」

亮一は、返事はするがこちらを見ようともせず、スニーカーを脱いで上履きに履き替えようとしている。気のせいかもしれないが、今日は一層の哀愁が漂っているように見えた。

「この仕事、思ったより大変で……」

なにを言ってるんだろう、私。

いきなり恥ずかしさが込み上げてきて逃げ帰りたくなったとき、彼が初めて顔を上げた。

「君は先月入った人？」

目が合った。どきどきする。

「そうです」

「どうして、こんなところで働く気になったの？」

「こんなところ、とは？」

「なにを好き好んで老人施設なんかに来たのかなと思って」

「それは……うちの祖母も寝たきりなものですから。うちは母が介護してるんですが、それで、なにかこう……」

亮一はここの正職員である。そんな彼に正直に言うわけにいかなかった。

——ほかに就職先が見つからなかったから仕方なくここに来たんです。

そんなこと言ったら失礼だ。高い志や使命感を持って働いている人もたくさんいるだろうに。

「ここで介護を習って、君のおばあちゃんにも役立てようと思ったわけ？」

「ええ、まあそんなところです」

「もう帰るの？」

「はい、早番だったので」

「そう、じゃあお疲れ様でした」

彼はそう言って、エレベーターに向かった。

後ろ姿を見送っていると、彼はいきなり振り返った。「もしもいやでなかったら、僕の祖母を一緒に見舞ってくれないかな」

「えっ？」

「うちのおばあちゃん、一号棟の三階に入所してるんだ」

予想もしないことだったので、驚いて返事をするのを忘れてしまった。

「あ、ごめん。急ぐんならいいけど」

「いいえ、このあとはなんの予定もないんです。是非、私も一緒に……」

「そう、ありがとう。ひとりだと手持無沙汰《てもちぶさた》でね。助かるよ」

亮一の表情からは、もちろん恋心など読みとれない。それ以前に女性として意識されてもいないだろう。悲しい。父親似の地味な顔立ちとぽっちゃり型の体型が恨《うら》めしくなる。弟の正樹は母に似てきれいな顔立ちなのに……。

亮一と一緒にエレベーターに乗って三階で降り、一号棟へ続く渡り廊下を歩いた。

「ここ。八人部屋なんだ」

そう言いながら亮一がドアを開けた。

室内を見た途端、桃佳は思わず立ち竦んでしまった。

何本もの管をつけられた白髪のおばあさんたちが、それぞれのベッドに横たわっていた。まるで蠟《ろう》人形みたいだった。機械音だけが低く唸《うな》っている。その静けさが不気味だった。

死を待つだけの人々……。

桃佳が想像していたのは、それぞれに雑誌を読んだり、小さなレンタルテレビをのぞき込んでいたり、隣のベッドの人と孫の自慢をし合っていたり……そんな光景だったのだ。つまり、自分の祖母のように、寝たきりではあっても、よく食べるし、よくしゃべるし、我儘放題で……そんな老女たちを想像していたのに、そこは話し声ひとつ聞こえなかった。

よく見てみると、そこにいる全員が気管切開をしていた。

「おばあちゃん、僕だよ」

窓際のベッドで目を閉じていたおばあさんは、目をぱっちりと開けた。

はっきりした二重瞼《ふたえまぶた》に濡《ぬ》れたような黒い瞳が見える。今でこそ青黒い皮膚に無数の深い皺が刻まれているが、若いころは、さぞかしエキゾチックな美人だったのではないかと思われた。

「具合、どう？」

彼が話しかけるが、なんの反応もない。彼はおばあさんの手を取り、手の甲をさすった。

おばあさんは彼をじっと見つめるだけで、なにも言わない。

「おばあちゃんは七十七歳のときに脳梗塞で倒れたんだ」

彼がこっちを振り返って言った。

「今は何歳なんですか？」

「八十二歳だよ。倒れたのは図書館からの帰り道。すぐに救急車で運ばれて手術したけど、その翌日にまた出血してしまって、十日間ほど集中治療室にいたんだ。意識は戻ったんだけど、思うように身体を動かせなくなってね。でも、そのあとリハビリが始まって、ボールを転がしたり、歩行訓練をしたり、毎日頑張って続けているうち、介助があれば歩けるようになった」

「すごい。うちのおばあちゃんなんか、リハビリをいやがって家でごろごろしているうちに寝たきりになっちゃったんですよ」

「うちのおばあちゃんはプライドの高い人だからね。定年まで高校で生物を教えてた人だし、家でもいろいろな爬虫類《はちゅうるい》を飼っていて、すごく研究熱心だったんだ」

「でも、どうして今はここに？」

尋ねながら、老女をちらちらと見る。

さっきからずっと気になっているのだが、このおばあさんは、まるでふたりの会話がすべて聞こえているように見えるのだ。もちろん自分の錯覚なのだろうけど、瞬きもせず孫の亮一を見つめていて、その黒目がちの大きな瞳が強い意思を表わしているように思えてくる。

そんなはずはないとわかっていても、なんだか落ち着かなかった。

「入院しているころはどんどん回復に向かっていて、いつ見舞いに行っても、おばあちゃんは笑顔で迎えてくれたよ。でも、入院が三ヶ月を過ぎたころ、病院側から退院を迫られて、仕方なくこの施設に移ってきたんだ。ここでは大勢でやるリズム体操なんかはあるけど、個人個人に合わせたリハビリはないから、だんだん寝たきりで過ごすようになって、ある日、気管支と肺に痰《たん》が詰まって急性呼吸不全を起こしたんだ。そのとき、医者から気管切開と胃《い》瘻《ろう》の手術を勧められたんだ」

「イロー?」

「うん、胃に穴を開けて栄養を直接入れる方法だよ。その当時、俺には延命治療がいかにむごいかなんていう知識はかけらもなくて、医者の勧めなら間違いないだろうって……俺が馬鹿だった。俺のせいで、おばあちゃんは胃瘻を置かれてもう四年になるんだ」

「えっ、四年もこの状態なの?」

思わず身震いした。

そのとき、看護師が部屋に入って来た。

「中野オリエさん、お食事ですよ」

看護師が声をかける。「あら、こんにちは。いいなあ。職員の中でも人気者の福田くんがお孫さんだなんて。みんなオリエさんのこと羨ましがってますよ」

看護師が点滴用スタンドに栄養剤の入った袋をセットし、お臍《へそ》の横に差し込まれている二十センチほどの管につなげると、ビニール袋から茶色い液体がぽたんぽたんと落ち始めた。

「食事って、これのことですか？」

「あなたアルバイトの宝田さんね。知り合いだったの？」

「ええ……まあ」

「この食事は、朝と夕方の一日二回よ。三百ミリリットルを一時間かけて入れるの」

それを、四年も？

なんのために生きてるの？

そういうのは口に出してはいけないんだろうけど、自分なら絶対に生きていたくない。

「オリエさん、明日はいいお天気らしいですよ」

看護師が声をかけたとき、おばあさんの表情が初めて動いた。眉間に深い皺を寄せ、口をへの字に固く結んで看護師を睨んだのだ。激しい怒りのように思えて、こっちまで恐くなる。

次の瞬間、おばあさんの大きな目に見る間に涙が膨れ上がってきた。

「あと二年の辛抱だよ。あの法律のおかげでね」

亮一が言うと、おばあさんの表情がいきなりやわらいだ。

えっ、まさか……聞こえてるの？

「オリエさんはしゃべれないけど、こっちの言うことは全部理解してるのよ」

看護師がつらそうに言った。

「そんな……」

いきなり、『ジョニーは戦場へ行った』というアメリカ映画が脳裏に浮かんだ。それは、今まで観た映画の中で最も残酷で恐ろしいものだった。戦争で両手両足をなくし、目も耳もなくして意思表示をする手段がなくなったのに、頭だけははっきりしている青年の話だ。

亮一を見ると、おばあさんから目を逸らし、窓の外を見ていた。

彼の唇が細かく震えていた。

亮一は孤独なのだ。誰でもいいから傍にいてほしいと思ったから、自分を誘ったのではないだろうか。

第二章　家族ってなんなの？

軒下に吊るした南部風鈴が、チリンチリンと揺れている。

涼しげなのは音だけで、夜になっても気温は一向に下がらなかった。

お義母さんの部屋からは物音ひとつ聞こえてこない。もう眠ってしまったのだろうか。

廊下に出て、そっと部屋の様子をうかがってみると、煌々《こうこう》と明かりが灯っていた。冷房が苦手なお義母さんは、毎年夏になると、風通りがよくなるようにドアも窓も開け放したままにする。

横顔が見えた。ベッドのリクライニングを起こして窓の方を見ている。いったい何を見ているのだろう。窓に面した障子はきっちり閉まっている。

声をかけようとして、一歩廊下を進んだとき、東洋子ははっとして立ち止まった。

ひとすじの光るものが、お義母さんの頬を伝って落ちたからだ。

声をかけるべきかどうか迷っていると、玄関チャイムが鳴った。夫が帰って来たらしい。

「今夜は七十歳死亡法の話題で持ちきりだったよ」

玄関先で夫は言った。ほろ酔い加減で顔が赤くなっている。大学時代の山岳部の集まりがあった日はいつも上機嫌だ。

「コーヒー、淹《い》れるわね」

電気ポットになみなみと湯を沸かし、夫が帰ってくるのを待っていた。誰かと話をしたくてたまらなかった。お義母さんの介護で家を空けることができなくなってからは、話をする相手は夫しかいなくなった。

「コーヒーはあとでいいよ」

夫はスリッパの音を軽快に響かせながらリビングの横を通り過ぎ、廊下をまっすぐに進んでいく。「東洋子とお袋に話したいことがあるんだ。一緒にお袋の部屋まで来てくれ」

仕方なく夫のあとを追いかける。

「母さん、具合はどう？」

夫はお義母さんの耳元に顔を近づけ、大声で尋ねた。

お義母さんは耳が遠いということになっているが、本当はよく聞こえている。それを知っているのは自分だけだ。

「まああってとこ。東洋子さんがよくやってくださるから」

しおらしく答える。

愛らしい母でいたいらしい。そのためには、息子の前では嫁に対しても優しい姑であらねばならないのだろう。そういったお義母さんをかわいらしいと東洋子は思う。お義母さん世代の女性にとって、息子は特別な存在だ。娘とは違い、息子は母親よりも身分が上なのだ。男尊女卑の考え方は、この世代の女性の骨の髄《ずい》まで沁みている。それを思えば、機嫌の悪いときに嫁を呼び捨てにすることや、我儘放題を言うことなどを夫の耳に入れるのは、はばかられるのだった。

夫はベッドのそばにあるアンティークの椅子に座った。亡き舅が骨董《こっとう》屋で買ったもので、手彫りの文様のある重厚な代物だ。今は夫専用となっていて、東洋子は一度も座ったことがない。椅子はひとつしかないので、東洋子はフローリングの床に正座した。

「実は、二年後の定年を待たずに会社を辞めようと思うんだよ」

「えっ、どうして？」

東洋子は驚いて、思わず大きな声を出していた。

「あの法律のせいで、人生があと十二年になってしまったからだよ。十二年なんてあっという間さ。もう会社に通ってる場合じゃないよ」

定年までの二年を、会社ではなく母親に捧げようと考えたのだろうか。お義母さんがあと二年しか生きられないことを思えば、息子としては当然のことかもしれない。今までずっと、帰宅の遅い夫がお義母さんと顔を合わせるのは休日だけだったのだから。

「それで、しーくんはいつ辞めるつもりなの？」

「引継ぎがあるから今日明日ってわけにはいかないだろうけど、遅くとも年内には辞めたいと思ってるんだ」

夫が家にいる暮らしになれば、お義母さんの介護も楽になるし、正樹のこともバトンタッチできる。それに、なんといっても自分が外出しやすくなる。大学時代の友人たちとの小旅行にも参加できる。

ああ、嬉しい。

元来、夫は優しい人なのだ。妻の自分にも頻繁に労《ねぎら》いの言葉をかけてくれるし、「無理するなよ」ともよく言ってくれる。ただ、まったく手伝おうとしなかったのは、仕事が多忙で心身ともに疲れ果てていたからだ。

もう金輪際《こんりんざい》お義母さんに恨みを持つのはよそう。

夫と協力して乗りきっていこう。

お義母さんは好きで寝たきりになったわけじゃない。誰だって寝たきりになれば、人生に絶望して心が荒《すさ》んで当然だ。

「給料が入らなくなるけど大丈夫かな。早期退職すれば退職金は少しばかり増えるけど」

夫が申し訳なさそうに、こちらをちらっと見た。

「なんとかなるわよ」

住宅ローンもないんだし、子供たちの教育費だってとっくに払い終わっている。となれば、あと要るものは日々の生活費ぐらいだ。

七十歳までの生活費を今一度きちんと計算してみよう。どの程度の贅沢なら許されるのかがはっきりするはずだ。二年後にお義母さんが亡くなったら夫と旅行くらいはしたい。

「私は賛成ですよ。しーくんは今まで家族のために一生懸命働いてきたんだもの。お父さんの時代の定年が五十五歳だったことを思うと、もう十分よ」

「ありがとう。お袋ならわかってくれると思ってたよ。で、東洋子の意見は？」

「もちろん賛成よ」

「そうか、よかった」

夫が微笑む。

「長い間、ご苦労様でした」

そう言って頭を下げると、夫は晴れ晴れとした表情をこちらに向けた。やはり会社では並々ならぬ苦労があったのだろう。解放感にあふれた顔をしている。

「実は、思いきって世界を旅してみようかと思うんだ」

夫は浮き足立っているようだ。

気持ちはわかるが、お義母さんが亡くなってからの話を本人の前で話すのは、いくらなんでも配慮に欠けるのではないだろうか。

急いでお義母さんを盗み見ると、さすがに複雑な表情をしていた。

「しーくんは、どこの国に行きたいの？」

声が暗い。

世界旅行というくらいだから、五大陸すべてを回るつもりかもしれない。実は自分も、世界遺産を巡りたいと以前から思っていた。だが、叶わぬ夢だとあきらめていた。だけど、けちけち旅行なら実現できるのでは？

「具体的にはまだ決めてないんだ」

二年も先の話なのだ。じっくりと計画を練ればいい。地図を片手に、ああでもない、こうでもないと話し合うのも楽しいものだ。早速、明日にでも夫にガイドブックを買ってきてもらおう。

まずはヨーロッパだ。最低でもフランスとイタリアとドイツには行きたい。仲のいい同級生のほとんどが行ったことがあるんだから自分だって行っておきたい。そうじゃなきゃ、プチ同窓会に参加できるようになったときに話が合わない。で、その次はアメリカ。アメリカと言えば、やっぱりニューヨーク。だって、東京は日本の中では最も見どころが多いと思うから。だからきっと大都会のニューヨークも見物し甲斐があるはず。そのあとは、のんびりとオーストラリア。ゴールドコーストでは浜辺に寝そべって、一日中海を見つめる。カンガルーやコアラの保護地区にも行きたい。そのあとは？　アフリカとか南米はどうかな。旅費が高くつきそう。欧米を巡ったあとに、まだ資金があるようだったら行ってみよう。

いや、待てよ。順番が逆では？　まだ自分は五十代なのだ。アフリカや南米には体力のあるうちに行っておいた方がいい。ということは、ガラパゴス諸島なんかもいいかも。アメリカやドイツなんかの先進国へは、もっと歳をとってからでも行けるはず。だって清潔なホテルもあればエアコンもあるんだもの。食事だって口に合うはず。

そして……けちけち旅行とはいっても、やっぱり新しい服が欲しい。どういう服を着ればいい？　シャンゼリゼ通りのカフェでコーヒーを飲むのには、ある程度おしゃれな格好じゃなくちゃおかしい。でも歳も歳だから……あんまり派手なものじゃなくて……そう、上品なもの。例えば……ベージュのアンサンブルに黒のパンツなんかどうかな。

帽子も靴も欲しい。バッグも新しいのが欲しい。あれ？　バッグこそフランスかイタリアに行ったときに買えばいいのでは？　そうだ、そうしよう。往きのバッグは軽くて丈夫な物ならなんでもいいことにしよう。

桃佳にも、お土産に財布くらいは買ってきてやりたい。実家に泣きついてこないところを見ると、なんとか暮らしてはいけてるようだけど、たぶんカツカツだと思う。だって最後に帰ってきたとき……あの日はまだ寒かったから二月ごろだったか……玄関で桃佳を出迎えたとき、危うく涙ぐみそうになった。桃佳の着ていた洋服も靴もバッグも、全部見覚えのある古びたものばかりだった。安物であっても大切にしているのはいいことだけど、でも、洋服一枚買えずにいるのだろうか。そう思ったけど、すでに独立した娘に、尋ねるのも悪いような、いや、甘いような気がして、結局はなにも聞けずじまいだった。きっと、三十歳を過ぎてもブランド物の財布ひとつ持っていないと思う。自分のものは後回しにして、まずは桃佳になにか買ってきてやろう。

「しーくん、いつから行くつもりなの？」

お義母さんの声で、はっと我に返った。

「十一月末に退職して十二月から行こうと思ってるんだ」

耳を疑った。

「えっ、あなた、それ、今年の？」

夫婦で世界旅行するとなると、その間、お義母さんの面倒は誰が見るの？　もしかして、夫の姉か妹が見てくれるの？　すでに約束を取りつけているとか？　いや、それはない。今までだって、一日でさえ代わってくれなかったのだ。そのせいで、自分はいまだに虫歯の治療さえできずにいる。

「今日のOB会で、藤田《ふじた》と意気投合しちゃってね」

「藤田さんて？」

「山岳部主将だった藤田だよ」

「意気投合って……」

驚いて夫の横顔を見つめる。

「しーくん、世界旅行って、藤田さんとふたりで行くの？」

そんな馬鹿な……。

「うん、そうなんだ」

なんなの、それ。信じられない。

「しーくん、どれくらい行ってるの？」

「期間は決めないことにしたんだ。行き当たりばったりの方が楽しいからね。でも最初は三ヶ月くらいで一旦は帰国する予定だよ。お袋のことも心配だし」

「山に登るの？　しーくん、危ないことはやめてね」

「大丈夫だよ。今のところ、高い山に登る予定はないんだ。世界を見て歩くのが目的だから。登るとしたら、ハイキングコースくらいなもんだと思う」

あー馬鹿馬鹿しい。

もうこんな人生、心底、いやだ。

優しいのはやっぱり口先だけだったのだ。今までも何度もそうではないかと疑ったことはあった。でも、自分の夫がそういう人間だと思いたくなかった。夫は仕事で疲れているから、家事や介護を手伝いたくても手伝えないのだと、いいように解釈してきた自分て、いったいどれだけお人好しなんだろう。

「しーくん、行ってらっしゃいよ。今まで一生懸命働いてきたんだから、それくらいのことをしても罰は当たらないわ」

「ありがとう。でも、寂しくない？」

「そりゃあ寂しいわよ。でもね、しーくんが幸せなら私も幸せ。母親ってそういうものよ。それに、私のことなら心配ないわ。東洋子さんがいるもの」

「よかった。きっとわかってくれると思ってたけどね」

手を取り合わんばかりに見つめ合っている。

「だけど、東洋子さんはどう思うのかしら」

そう言いながら、お義母さんはこっちを見た。心配そうな表情がわざとらしかった。

「東洋子は反対なのか？」

賛成も反対もない。夫とお義母さんが合意したことに、嫁の自分が口を差し挟めたためしなどない。

「いいわよ、もちろん」

思わず、とげとげしい言い方になってしまった。

「本当に？」

夫は嬉しそうに目を輝かせた。

腸《はらわた》が煮え繰り返る。

「だって私はまだ十五年も生きられるんだもの」

平気なふりをしようと、無理に笑おうとしたら、頬がぴくぴくと痙攣《けいれん》した。

「ありがとう。こんなにすんなり了解してくれるとは思わなかったよ。早速、藤田に連絡してやろう。きっと喜ぶよ」

どうしてこうも自分のことしか考えないんだろう。

東洋子は夫を心底軽蔑した。

翌週のある日、お義母さんは言った。

「私ももう歳だからいつ惚《ぼ》けるかわからないでしょう。それを思うと、頭がはっきりしているうちに財産分けをしておきたいの。しーくんと娘たちの都合のいい日を聞いておいてくれないかしら」

その夜、夫の姉である明美《あけみ》に電話をした。二人の子供も独立し、今は定年退職した夫とふたり暮らしだ。

「もしもし、東洋子です。お久しぶりでございます」

――あら、珍しい。東洋子さんがうちに電話を寄越すなんてどうしたの？　もしかしてお母さんになにかあった？

「ご心配なく。お義母さんはお元気ですよ」

――お見舞いに行けなくて悪いとは思ってるのよ。だけどこっちも忙しくてね。なんせ不景気でしょう。クリーニング店なんて薄利だから休みなしよ。

「やはりお忙しいですか」

――お母さんが顔を見せに来いとでも言ってるの？　お母さんはいいわよねえ、寝てればいいんだから。こっちは貧乏暇なしだっていうのに。

「お義母さんが財産分けをしたいとおっしゃいまして」

――財産分け？　ほんと？　そういう話ならいつでもオーケーよ。明日でもいいわ。

「え？　お店は休めるんですか？」

　──たかがパートだもの。風邪引いたとかなんとか言ってうまくごまかすわよ。

　呆れてものが言えない。仕事を休めないから一日たりとも介護を替わることができないのではなかったのか。

　電話を切ってから大きなため息をひとつつき、気を取り直して夫の妹である清恵《きよえ》に電話をかけた。

　呼び出し音が鳴っているがなかなか出ない。いないのだろうか。それとも風呂に入っているのか。

　受話器を置こうとしたとき、「はい」と暗い小さな声が聞こえた。

「あの……蓮田《はすだ》さんのお宅でしょうか？」

　返事がない。番号を間違えたのかもしれない。

　そのとき、電話の向こうで男が怒鳴る声がした。

　──ふざけるな、俺がなにしたっていうんだ。

　男にしては甲高くハスキーな声。間違いなく清恵の夫である。

「もしもし、東洋子ですが」

「ああ……こんばんは。珍しいわね」

「今、お話ししていいですか？」

「いいわよ。亭主が酔っ払って吠《ほ》えてるだけだから。で、なに？　お母さんのこと？」

いらいらしているらしい。手短に用件を伝える。

「ほんと？　財産分け？」

いきなり声に元気が出た。金に困っているのだろうか。

「ご都合の良い日にちを教えていただきたいんですが」

「いつでもいいわよ」

「いつでもって……そちらのお舅さんのお世話は大丈夫なんですか？」

「大丈夫よ。完全介護の施設に入ってるんだから」

聞いている話とずいぶん違う。

──おい、財産ってなんだ、いくらもらえるんだ。

夫の声が今度ははっきりと聞こえた。

「ねえ東洋子さん、私、どれくらいもらえるのかな？」

「私にはわかりませんけど」

「あら、そうなの？　ふーん。じゃあ当日のお楽しみってことね」

嬉々とした声で電話は切れた。

今日は明美と清恵が来る日だ。

東洋子は、お義母さんに頼まれて山椒屋の巻き寿司を二本買って帰って来たところだ。明美と清恵に土産として一本ずつ持たせるのだという。お義母さんが財布を開く素振りを見せないので、今回も仕方なく自分の財布から払ったのだった。電話で予約してから行ったというのに、店先で五分も待たされた。

そんなこんなで、朝からいらいらし通しだ。

帰宅してすぐにお義母さんの部屋の掃除に取りかかる。障子を開け放つと、雑草が風にそよいでいた。

「東洋子さん、台所の椅子をここに運んでちょうだい」

部屋には椅子がひとつしかない。夫専用の、舅の形見のアンティークの椅子だけである。

「座布団じゃダメですか？」

隣の部屋の押入れには、とんと出番のない客用の座布団が何枚もしまってある。

「ダメよ。ベッドの上からだと話がしづらいわ」

機嫌の良さそうな顔だった。わけもなく顔がほころんでしまうといった穏やかな笑顔を見るのは久しぶりだ。

「それもそうですね」

確かに座布団に座っている人とは高低差が大きすぎる。だけど、ダイニングの椅子は重い。夫に運んでもらおうにも二階でまだ寝ている。正樹が運んでくれるわけもない。男手がありながら、重いものを運ぶのも町内会の重労働ともいえる溝の清掃も、いつも自分の役目だ。

廊下の幅が狭いので、椅子を運ぶのはひと苦労だった。廊下の壁にいくつか傷を作ってしまった。明美と清恵の分だけでいいことにしよう。自分は床に座ればいい。無理をしてもうひとつ運ぶと、ぎっくり腰になる予感がする。とはいうものの、フローリングの床に直に座ると脚が痛くなる。長話になるかもしれないから、自分用に座布団をひとつ運んでおこう。

「東洋子さん、その座布団はなあに？」

「いいんです。私は座布団で十分ですから」

「東洋子さんはいいわ」

「は？　いい、とおっしゃいますと？」

「相続の話は親族だけでするから」

さあっと血の気が引いた。

自分は親族の頭数に入っていないらしい。

「その座布団は片づけてちょうだい。あなたは最初にお茶を持って来てくれたら、あとは引っ込んでいいから」

お義母さんは澄ました顔でそう言うと、ふいっと窓の外を見た。

そんな……。

自分はお手伝いさん兼ヘルパー以外の何者でもないらしい。

涙ぐみそうになったので、座布団を持って素早く部屋を出た。逃げ込むようにして台所へ入る。

「どうしたんだ、ぼうっとして」

起きたばかりの夫が台所に入って来た。

知らない間に、冷蔵庫に反射する光をぼんやりと眺めていたらしい。準備しなければならないことがたくさんあるというのに。

「今さっき、お義母さんに言われちゃったのよ」

ついさっきのお義母さんとの会話を夫に話す。

自己中心的な夫に対してあれほど腹を立てていたのに、やっぱり自分の気持ちを話してしまう。こんな夫とは二度と口を利きたくないと、今まで何度思ったことだろう。だけど、外出がままならなくなってからは、いや、電話する相手さえいなくなってからは、話す相手がほかにいないのだ。

「お袋も悪気はないんだよ。勘弁してやってくれないかな。この家の財産というのは、親父とお袋が築きあげたものなんだ。二人とも戦災孤児だったから相当苦労したらしいよ」

そのことは前に何度か聞いたことがある。お義父さんとお義母さんは、長い間爪に火を灯すような生活をしていたという。

「親父なんか小学校もろくに出ていないのに、保険屋の丁稚奉公から始めて本社の部長にまで昇りつめたんだぜ。偉いもんだよ。それにお袋はお袋で、俺たち三人の子供を育てながら朝から晩までコロッケ屋で働いてた。まだ小さかった清恵をおんぶして、大きな鉄鍋でコロッケを揚げてた姿が今でも目に浮かぶよ」

「それは聞いてるけど、でも……」

「親父とお袋が築いた財産は、いわば血と涙の結晶さ。それを考えたら嫁には関係ないとお袋が思っても不思議はないよ。あれ？　まだ準備しなくていいのか」

そう言いながら、夫はテーブルの上を見渡した。

茶器のセットと羊羹《ようかん》が置いてある。

「昼はどうするんだ？」

「二時からだからお昼は用意しないわ。お茶だけよ」

「そうだっけ。昼食を済ませてから来るんだったか」

男とは気楽なものだ。昼を用意するかしないかで、主婦の負担は大違いだ。

同居を始めたころは、彼女たちが里帰りしてくるたびに、手料理を振る舞ったものだ。しかし、長男の嫁の作った料理を褒めると損だとでも思っているのか、いつも憮然とした表情で食べるのだった。それがいやで、いつごろからか、彼女らが来たときには寿司の出前を取り、吸い物だけを作るようになった。

「いくらなんでも、羊羹だけじゃあまずいだろ」

「お煎餅《せんべい》も買ってあるわよ。メロンもあるし」

「確か姉さんは、駅前の〈トロンボーン〉のロールケーキが好きなんだよ」

だったら、なに？

言いそうになった言葉を呑み込む。

「気が利かなかったわ。でも今日は羊羹があるからそれで勘弁してもらうわ」

「俺、ひとっ走り行って買って来てやるよ」

驚いて夫を見た。家事はまったく手伝わないのに、なぜ親や姉妹にはこれほど親切なのか。結婚以来ずっと心に引っかかっていたもの、それは疎外感だったのだと今さらながら気づいた。

夫が駅前の洋菓子店に出かけたあと、客用のコーヒーカップを三つ出した。お義母さんはコーヒーは飲まないので、夫と姉妹の三人分だ。念のために洗っておこう。清恵が潔癖性というほどのきれい好きなのだ。といっても本人がそう言っているだけで、清恵の家に行ったことはないから本当のところはわからないけれど。

お義母さんと夫の昼食は、お義母さんの要望通り煮込みうどんにした。干し椎茸の戻し汁をダシに混ぜ、ワカメとカマボコとネギ、それに唐揚げにした鶏を載せる。宝田家のうどんには必ず鶏の唐揚げを載せる決まりがある。だから、たかがうどんを作るのにわざわざ天ぷら鍋を出さなくてはならない。

自分ひとりなら、玉子とネギさえあればいいのに……。

しばらくすると夫が帰って来た。

ケーキの箱をのぞくと六個入っている。

「正樹の分も買っておいたよ。このモンブランは東洋子のだ」

「あら、ありがとう」

妻の好きなケーキを覚えていてくれる。そんな小さなことで、今まで夫を許し続けてきた。

だが、早期退職して世界旅行をする話を聞いてからは、まったく心が動かない。

「東洋子さあん」

「ほら、お袋が呼んでるぞ」

当然のように夫が言う。介護は妻の役割であると思って疑いもしない。

奥の部屋へ走る。

「なんでしょうか」

「着替えるから洋服を出してちょうだい。今日は薄紫色のブラウスにするわ」

お義母さんは上半身だけ着替え、ブラシで髪を梳《す》いてひとつにまとめた。うっすらと紅を引くと見違えるようにきれいになった。

「すごくきれいですよ、お義母さん」

「いやだわ、大袈裟《おおげさ》ね」

否定するが、口元だけは素直にほころんでいた。

朝から忙しくしていたせいか、昼食を済ませたころにはもう疲れを感じていた。たまには昼寝がしたいものだ……。

放心したようにキッチンの椅子に座っていると、夫はなにを思ったのか、珍しく皿洗いを買って出た。

「気が利くのね」

皿を洗う夫の背中に声をかけたときだった。

「こんにちはぁ」

玄関で声がした。チャイムも鳴らさずに勝手に入って来るのは、義姉の明美と決まっている。夫は洋菓子店から戻ったとき、わざと玄関の鍵を開けておいたのかもしれない。

「ずいぶん早いわね」

約束の時間まで、まだ四十分もある。

そのとき、玄関先から賑《にぎ》やかな話し声が聞こえてきた。

「姉貴と清恵が一緒に来たようだな」

夫は皿を洗っているので、東洋子ひとりが玄関へ向かった。

「ご足労おかけしま……」

言いかけて絶句した。

そこには、明美の夫と清恵の夫もいた。計四人だ。

「お邪魔しまーす」

清恵はいつものように語尾を延ばして茶化したように言い、さっさと靴を脱ぐと台所へ向かった。自分の育った家だと思えば遠慮はない。元を正《ただ》せば他人でしかない兄嫁の気持ちなど知ったことじゃないらしい。

「へえ、兄さんがお皿洗ってるの？　姉さんの言った通りね」

「私、なにか言ったっけ」

「もう忘れたの？　約束の時間より早く行けば実態がわかるって言ったじゃない」

「ちょっと待ってよ。それは一般論よ。私は別に……」

慌てたように明美は言い、東洋子の顔色をうかがう。

「兄さんが東洋子さんの尻に敷かれてるって本当だったのね」

清恵は嬉しそうに笑う。

「義兄さん、そんなところを清恵に見せないでくださいよ。家に帰ってから義兄さんを見習えって僕が叱られちゃいますから。ほんと勘弁してもらいたいなあ」

夫はなにも言わず、にこにこと笑ったままだ。皿を洗うのは数年ぶりで、普段は家事など一切やらないのだと正直に今ここで言ってほしい。

「私、先にお母さんの部屋に行ってるわ」

明美は勝手知ったる家とばかりに、廊下をどんどん奥へ進んで行く。

「待ってよ、姉さん、ずるいわよ」

清恵が追いかけると、ふたりの夫も早足になって後へ続いた。

夫たちまで来るとは考えてもいなかった。お義母さんの部屋には椅子を二脚しか運んでいない。彼らは座布団でいいとしよう。そう考え、隣の部屋から座布団を三枚運び入れる。見ると、お義母さんの枕もとに近いところから順に明美、清恵、清恵の夫が椅子に腰かけていた。明美の夫は所在なげに、立ったまま何もない庭を眺めている。

東洋子は台所に取って返し、盆に載せた茶器セットを運ぶ。その後ろを夫がポットを持ってついて来た。

「長男のしーくんがその椅子に座りなさい。そうよ、お父さんの形見のその椅子よ。その隣は明美、清恵の順よ。悪いんですけど、配偶者のみなさんは座布団に座っていただけるかしら」

椅子に座っていた清恵の夫は、飛びのくようにして椅子から降りた。

夫たちが来てくれて却って良かったのかもしれない。彼らのおかげで、嫁の自分も同席して当然という空気になった。

「婿まで呼ぶ必要はなかったけどね」

そう言って、お義母さんがこっちを睨んだ。

「私は別に、呼んだわけでは……」

婿は来なくていいなどと、わざわざ口に出しては言わなかったけれど。

「すみません。勝手について来ちゃいました。清恵は人が好《い》いもんだから、つい心配で。俺がそばにいてやった方がなにかと安心だろうと思いまして」

「それ、どういう意味かしら。まるで私が言葉巧みに妹の分の財産を騙し取るみたいに聞こえるけど」

「いやだなあ、義姉さん。それは誤解ですよ。義兄さん夫婦は揃ってインテリだから、それがちょっぴり不安でね」

財産争いにおける要注意人物は、姉の明美ではなくて東洋子夫婦であるらしい。

お義母さんはと見ると、眉間に皺を寄せて不快感をはっきりと示していた。お義母さんは以前から娘の婿たちが気に入らないのだった。長男の嫁である東洋子だけを気に入らないわけではないので、その点では平等とも言える。

明美も清恵も恋愛結婚だった。どちらの場合もお義母さんが望んでいたような婿ではなかった。学歴、勤務先、家庭環境、経済力。どれひとつとして及第点ではなかったため、結婚に反対したと聞いている。

明美が風呂敷を解き、菓子折りをお義母さんに差し出した。

「お母さんの好物の八千代屋のきんつばよ」

驚いて明美を見る。

明美が菓子折りを持参したことなどかつて一度でもあっただろうか。

「まあ嬉しい。この店のは本当においしいのよ。明美は優しいのね。ありがとう」

「どういたしまして。それよりお母さん、財産なんて残さなくていいのよ。全部お母さんの楽しみに使っちゃえばいいんだから」

「そうよ、姉さんの言う通りよ。あの変な法律のせいで、お母さんはあと二年しか生きられないんだから、思う存分贅沢してよ。うんと好きなもの食べて、着物でもなんでも好きなもの買えばいいわ」

「相変わらず欲のない子たちだわねえ。私はもういいのよ。今さら着物なんか作ったってお茶会に出かけられるわけじゃなし、年寄りが好きなものを食べたところでたかが知れてるわ。そんな程度で財産を使い切れるわけがないじゃない」

「そう言われればそうね。一日に十回も食事するってわけにいかないもんね」

姉妹は顔を見合わせて嬉しそうにうふふと笑った。

「じゃあ今から財産分けについて話すわね」

お義母さんがそう言うと、部屋はしんと静まり返った。おもむろにノートを開き、老眼鏡をかける。口を真一文字に結んできりりとした表情をしているが、少しでも気を緩めると得意満面になってしまいそうなのが見てとれた。

「この家は、しーくんにあげようと思うの」

「それがいいよ。だって兄さんたち、現にここに住んでるんだもん。家がなくなったら困るよね」と清恵が言う。

「俺も賛成だな」

すかさず言う清恵の夫を、お義母さんがぎろりと睨んだ。婿や嫁には一切口を出してほしくないという気持ちが読み取れないらしい。もしかしたら、お義母さんに嫌われていることにさえ、いまだに気づいていないのだろうか。

「明美には一千万円、清恵には二千万円あげるわ」

「えっ、それどういうこと？　どうして私は清恵の半分なの？」

明美が思わず腰を浮かしかける。

「だって明美が家を買うとき、頭金を一千万、出してあげたでしょう？」

「それは……そうだけど、でも、三十年近くも前の話じゃないの」

「過去に遡《さかのぼ》って平等に分けるのが正しいらしいですよ」と清恵の夫がまた口を出す。

「だけど三十年前の一千万と今の一千万とじゃ、ずいぶん価値が違うんじゃないかな」と清恵が不満そうに言うと、「そう言われればそうだな」と清恵の夫がことさら深刻そうな顔で腕組みをする。

「もしもこの家を売ったとしたら、いくらになるんでしょう」

明美の夫が話に割り込んだ。話題の矛先《ほこさき》を変えようと必死の表情がうかがえる。

「この家は注文建築だし頑丈にできてるから、まだまだもちそうですけど、しかし築四十二年ともなれば、評価額としてはゼロでしょうね。でも土地代はかなりなものじゃないかな」

とまたしても清恵の夫。

「そうだね。駅から歩いて五分だし、二十九坪もあるからね。僕の田舎の山形じゃあ二十九坪なんて小屋みたいなもんだけどね。でも都心に近いこの辺では豪邸といってもいい広さだから、たぶん五千万じゃきかないだろう」

「豪邸はちょっと言いすぎでしょう。でも、価格はもっといくと思いますよ」

「六千万とか？」

「それくらいは固いと俺は見ています」

婿同士の会話が続く。

築年数や坪数を正確に知っていることに驚く。財産分けをすると連絡した時点から、ああでもないこうでもないと、取らぬ狸《たぬき》の皮算用を繰り返してきたのだろうか。

お義母さんは、憮然とした表情で黙り込んでしまった。

夫はといえば、興味なさそうな顔をして、明美の持参したきんつばを頬張っている。

「この家、六千万円もするの？　だとしたら、いくらなんでも不公平じゃないかしら」

明美が言うと、「そうよ、不公平よ」と清恵が続く。

「土地代がいくらだろうが関係ないよ」

夫が低くつぶやいた。

「兄さん、それはどうして？」

清恵は不満の表情を隠さない。

「だって俺たち家族は現にここに住んでるわけで、売る気はないんだから、価格を計算したって意味がないよ。なんなら清恵がもらう二千万円とこの家を交換してやってもいいよ」

「ほんと？」と清恵夫婦が声を揃えた。

東洋子は驚いて、座布団に正座したまま夫を見上げた。

いったいあなたはなにを考えているの？

たったの二千万円で家を手放してどうするのよ。

家族全員が路頭に迷うじゃないの。

見ると、お義母さんも驚いたように目を丸くして夫を見つめている。

「そんなのずるいわ。どうして清恵にあげるのよ。この家は私にとっても思い出深い大切な家なのよ」

「じゃあ姉貴がもらう一千万円と交換でも俺はいいよ」

「静夫、それ本気で言ってる？」

明美は喜色満面で尋ねたあと、座布団に座っている婿を高い位置から見下ろして微笑み合った。

「だけど、交換条件として母さんの面倒も見てくれなきゃ困るよ」

どういうこと？

もしかして、夫はお義母さんを介護する苦労をわかってくれていたのだろうか。

妻を介護から解放するためなら家を失っても惜しくないと思っているとか？

やはりあなたはすべてをわかってくれてたの？

本当は優しくて大きな男だったの？

「えっ、それは……」

明美が言葉に詰まる。

お義母さんが真剣な顔をして明美を見つめている。

「二年間の辛抱か……」

明美の夫がつぶやいたとき、姑はつと視線を逸らし、自分の手をじっと見つめた。

辛抱だなんて……。

よくもお義母さんの前で言えるものだ。夫婦揃ってデリカシーに欠けることこのうえない。

明美を見ると、視線が宙をさまよっていた。迷っているのが傍目にもはっきり見てとれる。

お義母さんは明美に一千万円をあげると言った。この家に本当に六千万円の価値があるとしたら、差額は五千万円にもなる。今、明美の頭の中には天秤があるのだろう。一方には二年間の介護が、そしてもう一方には五千万円もの札束が載っている。どういう判断を下すのだろう。明美夫婦や清恵夫婦とは長いつきあいではあっても、突っ込んだ話をしたこともないから、考えてみればそれほど人となりを知っているわけではなかった。

お義母さんは窓の外を見ていた。

「もちろん私はお母さんと少しでも長く一緒にいたいとは思っているのよ。だけど……」

「明美ももう六十二歳ですから、あの法律によるとあと八年の命なんですよ」

明美の夫が助け舟を出した。

「たった八年しかないと思うと、私も人生を謳歌《おうか》したいというか……お母さん、ごめんね」

部屋が静まり返った。お義母さんが返事をしないからだ。

――いいのよ、明美の気持ちはわかっているから。

自分の娘たちには大甘《おおあま》のお義母さんだから、きっとそう言うだろうと思っていたのに、なにも言わずに湯飲みを握り締めている。

「清恵はどうなんだよ」と、夫は妹に矛先を向けた。

「もちろん清恵だっていつもお義母さんのことを心配してるんですよ」

清恵の夫が深刻そうな表情で続ける。「でもね、こっちも親父が寝たきりなもんで。清恵、この家はあきらめて現金でよしとしないか」

「そうね、私はそうする。家はお姉ちゃんに譲るよ」

「今さら家なんかもらったって仕方ないわよ。あのね誤解しないでよ。私だってお母さんのことが心配で心配で、いっときさえ頭から離れないんだからね」

あまりに冷たすぎる。実の娘だというのに……。

そのうえに婿たちの軽薄さといったら。

東洋子は怒りで指先が震えた。

いったい家族ってなんなのだろう。

「やはり家というのは長男が継ぐべきではないでしょうか。その方がお義母さんも嬉しいでしょう」

明美の夫が愛想笑いを浮かべながら言う。

「で、いつごろ振り込んでもらえるのかな？」

清恵が尋ねた。「念のために、銀行の通帳を持ってきたんだけど」

「私も持ってきたわよ」と明美。

「できれば来月の初めくらいに振り込んでもらえると助かるんだけどな」と清恵が言う。

清恵の夫が固唾《かたず》を呑んでお義母さんの口元を見守っているのが目に入った。

「なに馬鹿なこと言ってるのよ。振り込むのは二年後に決まってるでしょう」

お義母さんがぴしりと言い放った。

「えっ、二年後?」

明美の声が裏返る。

六十二歳の明美の残りの人生はあと八年。となれば、めいっぱい人生を楽しみたいと思うのが人情だろう。とはいえ先立つものがないからクリーニング店のパートは辞められない。しかし母親が一千万円の生前贈与をしてくれたなら、途端に人生は薔薇《ばら》色に変わる。

——さっさとパートなんか辞めて旅行をしよう。食べ歩きもしよう。欲しかった洋服も全部買おう。

義姉の考えていることが手に取るようにわかる。

「お金をあげるのは七十歳死亡法が施行される直前よ」

お義母さんは平然と言ってのけた。

わざわざ家に呼んだのだから、当初はそのつもりではなかったはずだ。明日にでも振り込んでやるつもりだったのだと思う。娘たちの都合のいい日を聞いてほしいと、嫁の自分に電話させたときは上機嫌だった。財産を分けてやり、娘たちの喜ぶ顔を見る。それは親にとって最も楽しく得意な一瞬になるはずだったのだ。

「えー、そんな先なの？」と清恵がむくれる。

「お義母さん、あんまりですよ。こんなに期待させといて」と清恵の夫が抗議した。

「あら？　清恵のところはお金に困ってるの？」

お義母さんは、清恵ではなく清恵の夫を見た。

「まさか。お義母さん、そんなことあるわけないでしょう。俺は真面目にやってますから、清恵に金の苦労なんかさせてませんよ」

結婚を反対されていたこともあり、金がないとは口が裂けても言えないらしい。

明美はと見ると、がっくりとうな垂れている。

「じゃあ遠慮なく娘たちの言葉に甘えさせてもらうとするわ。明日から好きなものを食べたり飲んだり、欲しいものはなんでも買って、めいっぱい贅沢させてもらうわね。そうなると財産がぐんと目減りするかもしれないけど、そのときはごめんなさいね」

お義母さんは冷酷な表情をしていた。家は欲しいが母親の世話は真っ平ごめんという態度を示した娘ふたりに、強烈な不信感を抱いたのだろう。厳しい横顔を見せてはいるが、本当は寂しくて悲しくてたまらないのだろう。そう思うと切なくなった。

「この家をしーくんに譲るというのは、孫の正樹に譲るということでもあるのよ。しーくんだって七十歳死亡法のせいでそれほど長くは生きられないんだもの」

お義母さんにとって、正樹はたったひとりの男の孫である。赤ちゃんのころから目の中に入れても痛くないほどかわいがっていた正樹が、ある日突然会社に行かなくなったのだから、将来が心配で仕方がないのだろう。

「そうやって若者を甘やかすというのもどうなんでしょうねえ。引きこもりを助長するだけじゃないでしょうか。親の財産をあてにすると、ろくな人間にならないと聞きますけどね」

と清恵の夫がまたしても口を出す。

「それは正論ね」

そう言うと、お義母さんは清恵の夫を真正面から見据《みす》えた。「じゃあ、このたびの遺産相続、清恵も辞退したらどうかしら？」

「え？　またお義母さんたらお人が悪い」

清恵の夫のけたたましい笑い声が室内に響いた。

＊

雇ってくれさえすれば必死で働くのに……。

宝田正樹は証券会社から届いたメールを見つめていた。

——慎重に選考を進めてまいりましたが、残念ながらご希望に添えない結果となりましたのでご連絡申し上げます。今後ますますのご健康とご活躍をお祈り申し上げます。

「またお祈りメールかよ。あんたに祈ってもらわなくて結構ですよ」

七十歳死亡法が成立してからというもの、五十代以上のサラリーマンがぞくぞくと早期退職しているらしい。それと同時に人材不足が叫ばれるようになった。それなのに、若者の就職難は一向に解消されない。企業側に正社員を増やす気がないからだ。派遣社員を雇う旨味《うまみ》は、一度味わうと二度と手放せないらしい。今後も景気の調整弁として使い捨て自由な派遣社員を便利に使おうという算段なのだ。

正社員へのパスポートを得られるのは、ひと握りの優秀な人材だけになってしまった。そして、その優秀か否かの判断のもととなるのは学歴ではない。

就職は年々厳しさを増している。いつの間にかライバルは日本人だけではなくなっていた。中国を始め、韓国、インド、シンガポール、台湾、ブラジル……。彼ら外国人は英語と日本語ができるから、母語と合わせて最低三ヶ国語は話せる。それに、日本人学生と違って、大学に入ってからも真剣に勉強しているから、専攻科目もばっちりだ。

ため息をつきながら返送されてきた履歴書の写真を見つめた。

痩せている……。

それもそのはず。この写真は大東亜銀行を辞めた直後に撮ったものだ。今はもう当時のように、顎《あご》の線がシャープではなくなった。撮り直した方がよさそうだ。

この三年間、有意義なことはなにひとつせず、変化と言えば太ったことだけ。

就職が決まらないまま三十歳になってしまうのだろうか。

パソコンの前に座り、無意識のうちに沢田のブログをクリックしていた。

——転職に成功した！

「えっ？」

それ以上読み進めると、さらに落ち込む予感がした。だけど気になる。

——聞いて驚くなよ。かの有名な家電量販店のM電機！　なんと正社員採用！　神は俺を見捨ててはいなかった！

「羨ましくないよ」

帝都大学の同級生で販売員をやってるやつはいない。たとえ幹部候補生であっても、そもそも家電量販店に勤めているやつなんていない。だから、羨ましくは……ない。

——今日のビールは格別にうまい。M電機は今や伸び盛りの一部上場企業だ。池袋にも大型店を出すらしく、それに伴う正社員大量採用。本当にラッキーだった。自分を運のいい人間だと思ったのは生まれて初めてだ。筆記試験の結果が良かったみたいで、いきなり主任！それもテレビ売場。ああ、やっとやりがいのある仕事ができる。頑張るぞ！　やってやろうじゃねえか。ほかの店より売上げを伸ばしてやるからな。

やる気まんまんだ。

やっぱり読むんじゃなかった。

量販店だろうが販売員だろうが、家にいて親の脛をかじっている俺なんかより、沢田の方がずっと偉い。

どこでもいいから俺も就職すべきなんじゃないだろうか。

だって、働くことは立派なことなんだし、職業に貴賤《きせん》はないんだから。

「おい、おい」

おまえ、小学生かよ。

思わず自分に突っ込みを入れる。

そんな単純な問題じゃないだろ。働けるならどこでもいいっていう話じゃないよ。親の期待は裏切れないし、どこに勤めるかによって生涯賃金は何倍もの差が出るんだから。

帝都大の合格発表の日、母は嬉し涙を流したのだった。母のあんな姿を見たのは初めてだった。日頃は無口な親父までもが思わず万歳と叫んだ。

だから……名もない企業に就職するわけにはいかない。

ため息をつきながらテレビを点けると、総理大臣が映っていた。

――サミットの開催国として、総理は京都の嵐山《あらしやま》の地を選びました。凜々《りり》しい袴姿《はかますがた》で外国の要人を迎えています――

「かっこいいなあ」

アメリカで育った反動なのか、総理大臣の馬飼野《まがいの》礼人《れいと》は和のテイスト好きらしい。

アメリカの大統領やドイツの首相と冗談を言い合って笑っている。通訳を介さずに意思の疎通ができる重要さを、彼が総理になって日本国民は初めて知ったのだ。

それに比べて俺は英語ができるわけでもないし、第二外国語のドイツ語に至っては、もうほとんど覚えていない。

総理は熊本生まれのアメリカ育ちでハーバード大卒。すらりとした体軀《たいく》に端整な顔立ち。四十五歳とまだ若いのに、眉間に刻まれた深い皺が苦労した生い立ちを感じさせる。ときおり前髪が顔にはらりとかかるのが、セクシーだという女性ファンも多い。

これまで彼は、次々に改革を進めてきた。例えば天下りを全面禁止とし、国家公務員の昇進制度を見直して定年まで勤められるようにした。それと同時に、不要な独立行政法人は問答無用でばっさりと切り捨て、国民の喝采《かっさい》を浴びたのだった。「鶴の一声」という言葉にならい、馬飼野という姓から「馬の一声」と絶賛された。歴代の総理がマニフェストに掲げるだけで結局は実現できなかったことをやってのけたのだった。

「偉いよ、あんた」

総理も沢田も偉い。一生懸命生きてるって感じがする。

それに比べて俺ときたら……。

どんどん気分が落ち込んでくる。気分転換に録画しておいた番組でも観よう。そういえば『日本の顔』の今週分をまだ観ていない。それに気づいた途端、少し気分が明るくなってきた。情けないことに、おもしろいテレビ番組を観ることが唯一の楽しみになってしまっている。

『日本の顔』は、国会議員が順繰りで出演するトーク番組だ。この番組を企画提案したのは総理だという。出演辞退は許されないらしい。テレビというものは、どう取り繕《つくろ》っても教養も人格もすべて映し出してしまうというのが総理の持論だ。それまでは、テレビに出て意見を述べる顔ぶれはほぼ決まっていた。それ以外の議員がなにをどう考え、どういう人物なのかを国民は把握できないでいた。しかし、この番組を機に議員ひとりひとりの顔が見えるようになった。

今週も波乱万丈となりそうな顔ぶればかりだ。

――議員、まさかそんな基本的なこともご存じないとか？

のっけから手厳しいことを言う。番組の司会進行役を務める鷹狩《たかかり》アナウンサーは、見るからに意地悪そうな顔つきの男だ。

――この言葉の意味、わかります？　議員、今、馬鹿にするなとおっしゃいましたか？　では説明してみてください。

相変わらず情け容赦ない。見ているこっちがヒヤヒヤする。

今日も鷹狩アナは、ポリシーもヴィジョンもない議員を見下し徹底的に叩く。この番組のせいで、ポリシーどころか問題意識さえ持っていないことが白日のもとに晒《さら》されてしまった議員が続出している。彼らは、法律や経済などの知識がまるでないため、馬鹿丸出しとなった。

与党議員はまだマシだった。党内で役割分担があるらしく、最低でも今現在取りかかっている問題については、ある程度の知識を持っていたからだ。しかし野党は違った。自ら課題を決めて研究でもしない限り、実は暇で仕方がないという状況や、地元の冠婚葬祭や就職の世話ばかりに明け暮れている日々がばれてしまう。

――よくそんなので議員報酬をもらってますね。恥ずかしくないですか？

「出た！」

鷹狩アナにこれを言われた議員は、次の選挙では必ず落ちるのだ。テレビ業界では奇跡の高視聴率と言われるお化け番組となっている。そして、『日本の顔』は、国民共通の意識をもたらした。

――議員定数削減は当然。

テレビを利用して、定数削減の世論を盛り上げるという総理の作戦は見事に成功した。それまで衆議院四百八十人、参議院二百四十二人だったのを、参議院そのものを全廃して衆議院の一院制としたうえ、定数を二百人とした。そして、議員報酬もそれまでの三分の一に引き下げた。

総理のこのような取り組みが、徐々に政治の信頼を回復させてきたのだった。

そのほか話題になったことを抜粋すると、ダムの工事が中止となったり、地方空港がなくなったりした。過去にどんな経緯があろうとも、必要か必要でないかですべてを判断するのが総理のやり方だ。支持率は八十パーセントを割ったことがない。

五年前に馬飼野が総理に就任してからというもの、無駄な経費の削減が次々と実行に移されてきた。それでも、国家財政はもうどうしようもないところまできている。だから、七十歳死亡法という非常識な法律が説得力を持ったのだ。しかし、馬飼野の両親はアメリカ国籍を取得しているという黒い噂もあるのだった。

孤独がこんなにつらいものだったなんて……。

＊

まるで無人島にいるみたい。

昼食を終えた宝田菊乃《きくの》は、介護用ベッドに寝転んで天井を見つめていた。

例の法律ができてからは、なにもやる気がしなくなった。どうせ死ぬのにリハビリなんかしたって仕方がない。

テレビのニュースでも繰り返し言われていることだけど、かわいそうなのは今現在六十八歳の人たちだ。八十四歳の自分と同じように、二年後には死ななくてはならないんだもの。

それに比べれば、もう自分は十分生きた。

でも、本当にかわいそうなのは戦争で死んだ人たちだ。誰もそのことに触れないのは、現役で働く若い人たちの頭の中に、戦争のことなんて思い浮かびもしないからだろう。

父も母も四十代の若さで亡くなった。焼夷弾《しょういだん》でやられたのだ。

そして三人の兄たちは戦死。上の兄さんが二十一歳、真ん中の兄さんは十九歳、下の兄さんは十八歳だった。家族の中でただひとり、疎開先に避難していた自分だけが生き残った。

三人の兄たちとは歳が離れていたから、自分はまだ小学生だった。

東京大空襲の噂は疎開先にも届いていたけれど、それがどんな様子なのか想像できなかった。疎開先で終戦を迎えた数日後、担任の先生から、両親も兄弟も全員死んだと知らされた。だけど、どうしても信じられなかった。一刻も早く東京へ戻りたい、そのことばかりを考えていた。

上野駅に出迎える親はいなかった。親と抱き合って喜ぶ友だちの姿に背を向け、見渡す限りの焼け野原を呆然《ぼうぜん》と眺めた。もはや親兄弟が死んだことを事実として受け入れざるを得なかった。だって、想像を絶する光景を目の当たりにすると、生き残っている人がいることの方が不思議なくらいだったんだもの。

目の前に広がる光景は恐ろしいし、これから先どうすればいいのか不安でいっぱいで、身が竦《すく》んだ。お父さんもお母さんも兄さんたちも死んじゃって、悲しくて悲しくて身体の芯まで凍りつくようだった。

母の従兄《いとこ》に当たるという人の家に引き取られた。小さなバラック小屋の中に、おじさんと奥さんと四人の子供が住んでいた。奥さんは、私を引き取ることに大反対だった。

女中代わりにこきつかわれた。子守に洗濯に炊事。食糧事情も悪くて、いつもお腹を空かせていた。

でも、ずっとあとになって夫から聞いた話によると、東京に戻れただけ幸運だったらしい。二歳年上の夫も戦災孤児だったけれど、引き取ってくれる親戚がなかったので、そのまま疎開先の農家に養子に出された。まだ小学生だったのに、馬や牛みたいに一日中働かされて、学校にも行かせてもらえなくて、馬小屋で寝起きした。そのうえ、仕事が遅いと詰《なじ》られて殴る蹴るの虐待を受けたらしく、その傷は晩年になっても消えずに残っていた。夫はある夜、その家を逃げ出した。無賃乗車で上野駅に着いてからは、地下道をねぐらとして残飯をあさり、闇市のものを盗み、そのうち進駐軍や娼婦相手に靴磨きをするようになったらしい。幾度も狩り込みで捕まえられそうになったけれど、その都度逃げ出して上野の地下道に戻ったという。夫は小学校も卒業できなかった。

その日その日を暮らすことが精いっぱいだったあの時代……。

これほど長生きできて、こんなにも豊かで平和な生活が待っていると誰が想像したろう。夫は立派な人だった。努力の塊みたいな人だった。二十三歳で私と結婚し、保険の営業をしながら何を思ったか夜間中学に通い始め、必死で勉強した。みかんの木箱を机にして、夜遅くまで勉強している後ろ姿を今も思い出す。夜間高校では皆勤賞をもらい、夜間大学を卒業したときには三十八歳になっていた。

そんな夫も十二年前に七十四歳で癌で逝ってしまった。

私もあと二年であの世逝き。あの世では夫が待っていてくれる。両親と優しかった三人の兄たちは、待ちくたびれているかもしれない。

もう生きていたって仕方がない。

あと二年も生きてなにをするの？

なんの意味がある？

そうは思うものの、いざ死ぬとなると不安で仕方がなくなる。何度も夜中に目が覚め、そのたびにどうしようもない不安に襲われる。このまま死ぬかもしれない、この世からいなくなるかもしれない、そう思うと恐ろしくて叫び出しそうになる。そういうとき、誰かが同じ部屋で寝てくれていればと思う。いや、同じ部屋でなくてもいい。せめて隣の部屋で嫁の東洋子だけでもいいから寝起きしてくれないかと思うが、なかなか言い出せないでいる。

それにしても、よくも年寄りだけを一階に置いておけるものだ。息子も嫁も孫も全員が二階で寝ている。年寄りはいつ具合が悪くなるかもしれないというのに……。

七十歳死亡法案が通過した日を境に、嫁の顔つきが明らかに変わった。本人は顔に出していないつもりかもしれないけど、目の輝きが語っている。嬉しくて仕方がないと。

でも、それからしばらくすると、また投げやりな表情に戻った。それがなぜなのかはわからない。しーくんが海外旅行をするから置いてけぼりを食ったようで落胆しているのか、それとも、もしかして……あと二年の介護でさえもう嫌だとか？

——一日も早く死んでほしい。

嫁が考えていることくらい手に取るようにわかる。いや、嫁だけじゃない。実の娘にしてあの態度だ。遺産さえ手に入れれば、もう用はないらしい。育ちの悪い婿たちにたぶらかされているとしても、なんと情けないこと。いや、娘たちだけじゃない。しーくんでさえも、老い先短い母を置いて外国に旅行するというのだ。

でも……当然といえば当然だ。

なんの役にも立たないどころか、面倒ばかりかけているんだもの。

どうせなら二年後じゃなくて明日ならいいのに。法律が施行されるまで、あと残り何日と計算しながら日めくりカレンダーをめくるのはつらい。真綿《まわた》で首を絞められているみたい。

ああ……若いころは良かった。

子育てや家事に忙しくしていたころが人生の華だったのだと今になってわかる。年々、体の自由が利かなくなるばかりで、いいことなんかひとつもない。

庭に面した障子が眩しかった。今日も天気がいいらしい。考えてみればずいぶんと長い間、陽に当たっていない。

広い野原の真ん中で風に頬をなでられたい。

唐突にそう思ったとき、廊下をこちらに向かって歩いてくる足音が聞こえてきた。

「お義母さん、フミ子さんがお見えになりましたけど」

嫁の声に続いてドアが開くと、小柄なフミちゃんが大福のような丸顔をのぞかせた。フミちゃんとは幼馴染《おさななじ》みだ。戦後、母の従兄の家に引き取られたとき、近所にフミちゃんの一家が住んでいた。小学校のクラスも同じだった。

「はい、これお土産」

大好物の干し柿だった。ボタンを押して電動リクライニングベッドを起こす。

「フミちゃん、ありがとね。東洋子さん、おいしいお茶お願いね」

「玉露《ぎょくろ》にしますね」

フミちゃんはベッドの脇にある時代物の椅子にひょいと腰かけた。

フミちゃんの家系は長生きだ。フミちゃんのお母さんは百歳まで生きた。最後まで矍鑠《かくしゃく》としていたフミちゃんのお母さんが死んだときは、声を張り上げて泣いた。戦災孤児だった自分に、優しくしてくれた唯一の大人がフミちゃんのお母さんだった。おじさんの家では、食糧の配給があった日でも、まともな食事を与えてくれなかった。それを見かねたフミちゃんのお母さんが、おにぎりやお芋のふかしたのをこっそり食べさせてくれた。

お母さんに似たのか、フミちゃんはいまだに足腰が丈夫で元気だ。それだけに、あと二年しか生きられないことをさぞかし残念に思っているはずだ。それなのに、明るく前向きに生きている。偉いもんだ。どうすりゃそんなに強い心を持ち続けられるのか。こういうときに芯の強さの違いが出るのかもしれない。だけど、そもそも芯ってなんだ？

フミちゃんは四月生まれだから私より先に死ぬ。誕生日から一ヶ月以内に安楽死させられるから、フミちゃんはあと一年と九ヶ月だ。私は十月生まれだから、まだあと二年三ヶ月ある。

「ごゆっくり」

東洋子が部屋を出て行くと、フミちゃんはそれまでの笑みを消し、深刻そうな表情を作り、まるで秘密の話でもするみたいに顔を近くに寄せてきた。

「ねえ菊ちゃん、あの噂、知ってる？」

「いやだフミちゃんたら。七十歳死亡法は噂なんかじゃなくてちゃんとした法律よ」

「そうじゃなくて、あっちの方」

「あっちってどっち？」

「やだ聞いてないの？　もしかしてお宅のお嫁さん、わざと教えてくれないんじゃない？」

なんのことだかさっぱりわからない。

「フミちゃん、もったいぶらないで教えてよ。噂ってなんなのよ」

「裏の法律のことよ」

「なんなの、それ」

「だから、七十歳死亡法の網から逃れる方法のことだってば」

「なによ、それ」

「やっぱり聞いてないのね。やだやだ。お嫁さんじゃなくても、しーくんか明美ちゃんか清恵ちゃんが教えてくれても良さそうなもんなのに」

「それは……無理よ。みんな忙しくて、なかなか……」

明美や清恵が先日来たばかりだと言えなかった。嫁はまだしも、実の息子や娘にもないがしろにされているなんて、親友といえども知られたくない。

「聞くところによるとね、七十歳を過ぎていても、国会議員をやったことのある人とか、ノーベル賞受賞者とか癌の研究者なんかは死ななくてもいいらしいのよ。法律には裏ってものがつきものなんだって」

「なんだ、そんなことか」

「あれ？　菊ちゃん、驚かないの？」

「だって私たちには関係ないじゃない。それともフミちゃんは、ノーベル賞をもらったことがあるの？」

「えっ？」

フミちゃんはまるで気味の悪いものを見るように顔を歪め、探るような目つきでこっちを見つめた。

「フミちゃん、今の冗談に決まってるでしょ。まったくもう」

そう言うと、途端にフミちゃんは笑い出した。

「ごめんね菊ちゃん。あーやだやだ。歳を取ると冗談も言えなくなるもんね。私もね、亭主の前でうっかり冗談でも言おうものなら、ボケ始めてると勘違いされちゃうんだもの」

「歳を取るってつらいわね。それにしてもお茶が遅いわ」

枕元のブザーを押す。「東洋子さあん」

「おやおや、それだけ大きな声を出せれば、まだまだ長生きできるよ」

「なに言ってるの。お互いあと二年の命じゃないのよ」

「だから菊ちゃん、それが違うんだってば」

フミちゃんは声を落とした。互いに歳を取ったが、ふたりとも耳だけはいいから小さな声でも聞こえる。「少子高齢化になったから日本が立ち行かなくなったわけよ」

「フミちゃん、そんなこと誰だって知ってるわよ。年金やら医療費やらで、年寄りは役立たずの金食い虫というんでしょう」

「だからね、その厄介者の立場から卒業できれば七十歳を超えて生きてもいいっていう裏の法律があるんだってば」

「なんなの、それ。フミちゃん、どういうこと？」

「小夜《さよ》ちゃんが証書をもらったらしいの」

「小夜ちゃんて、駅の向こうの酒屋に嫁いだ、一級下の？」

そう尋ねると、フミちゃんは大きくうなずいた。

「で、ショーショって？」

「何歳まででも生きててよしって書かれた証書よ。嘘じゃないわ。馬飼野総理のハンコがちゃんと押してあるんだもの」

「フミちゃん、それ、見たの？」

「ううん、聞いただけ。でも本当よ。紅白饅頭《まんじゅう》もついてくるんだって」

「どうして小夜ちゃんだけ？」

「それがね、小夜ちゃんは、年金は受け取りません、医療費は全額自腹で払いますって一筆書いて区役所に持っていったらしいの」

「へえ、なるほどね。そうすれば確かに国の厄介者じゃなくなるわね。でも、そんなの嘘よ」

「どうして？」

「裏の法律なんて聞いたことないもの。テレビでもラジオでも」

一日中テレビを見ているのだから、知識は豊富にあるつもりだ。

「そんなことを大っぴらに言うわけないじゃないの。だからこそ裏と言うんだから」

「……それもそうか。で、小夜ちゃんみたいな人はどんどん増えてるの？」

「もちろんよ。噂によると東京都だけでもすでに十万人の登録があったらしいの。区役所には年寄りが殺到してるっていうわよ」

「私だって、預金もあるし本当は年金なんかもらわなくてもなんとかなるんだけどね」

「菊ちゃん、それがね……」

フミちゃんはそう言うと、目を逸らした。「それだけじゃダメらしいのよ。無料奉仕も必要なの」

「ムリョーホーシ？　ああ、ボランティアのことね」

「小夜ちゃんは放課後になると小学校に行って、お習字を教えてるらしいの。ほら、今は経済格差が広がって、塾やお稽古ごとに通えない子供たちも多いでしょう」

「つまり、寝たきりの私には無理ってことね」

「ごめん。私、やっぱりボケ症状が出始めてるわ。菊ちゃん、ほんとごめんなさい。かえって落ち込ませるような話になっちゃったね。そういうつもりじゃなかったんだけど……」

「とんでもない。なんでも知っておきたいわよ。嫁がなんにも教えてくれないんだもの」

「案外、菊ちゃんとこのお嫁さん、知らないかもよ」

「そんなこと絶対にあり得ないわ。うちの嫁はね、娘たちと違ってインテリだからなんでも知ってるもの。で、フミちゃんはなにかボランティアをやるの？」

「うん、亭主とも相談したんだけど、亭主はソロバンを教えたいって言うの」

「今どきソロバン？　このコンピュータの時代に？」

「やだ菊ちゃん、また流行り出してるのよ」

「へえ知らなかった。で、フミちゃんはなにをするの？」

「私は介護の必要な老人宅で家事を手伝うことにしたの。お皿をちょこっと洗ったり、お味噌汁作ったり」

「そんな程度のボランティアでも政府は証書をくれるの？」

「もちろんよ。だって年金も受け取らないうえに、無料でヘルパーをやるんだもの」

フミちゃんもご主人も小夜ちゃんも……いや、もっと大勢の人がこれからも生きていく。

そんな中で、自分だけが死んでいくなんて絶対にいやだ。世の中がこの先どうなっていくのかを私だけが見届けられないなんて……。

生への執着が込み上げてきた。

私が死んでも、なにごともなかったかのように世の中は続いていく。そして、子供も孫も近所の人たちも私のことなんか忘れてしまうに決まってる。その証拠に、夫を思い出す回数が少なくなっているもの。

空しい……。

そのとき、ドアがノックされた。

「お茶を持ってきました」

東洋子が入って来た。

「遅いじゃないの。あら、お茶だけなの？　お茶菓子は？」

「すみません。買い置きがなにもなくて」

「いいのいいの。いきなり訪ねてきた私が悪いのよ。それに、私が持って来た干し柿があるんだし」

「ごめんね。ほんと気が利かない嫁で」

東洋子は曖昧に微笑んで部屋を出て行った。

「菊ちゃん、お嫁さんにああいう言い方、どうかと思うわよ」

「いいのよ。あの嫁ったら、いやいや介護してるのがみえみえなんだもの」

「そうなの？　それはいやね。最近はどこの嫁も優しさってものがないわよ」

「ほんとほんと。世話されることがどれだけ惨めなことか考えてみてほしいわ。嫁だってい
つかは歳を取るっていうのにね」
「そういえばさ、亭主の知り合いの次郎《じろう》さんていうのが孤独死したの」
「今どき珍しかないわよ、フミちゃん」
「だってひとり暮らしじゃないのよ。息子一家と同居してたの。それなのに死んでることに
丸二日気づかなかったっていうじゃない。それもね、次郎さんは嫁にいやがられるほど早起
きで、毎朝台所に顔出して朝ご飯まだかって催促する人だったらしいの。そんな次郎さんが、
いつまで経っても起きてこないのに、今日はお腹が空いてないんだわなんて、お嫁さんは都
合のいいように解釈したっていうから呆れてものが言えないわよ。それでね、隠居部屋に様
子を見に行ったのは、翌日の夜になってからだってさ」
「他人ごとじゃないわ。うちも同じよ。何度もブザー押してるのになかなか来ないもの。最
近では三回目でやっとよ」
そう言いながら、菊乃はふと思った。もしかしたら、呼ばなかったら東洋子は永遠に来な
いのではないだろうか。死んでいても気づいてくれないかもしれない。
今度ためしに死んだふりをしてみようか……。
「母が作ってくれた干し柿を思い出すわ。もっとおいしかった気がするけど、錯覚かしらね

え。あのころは甘いものがなかったから余計においしく感じたのかもしれないわね」

フミちゃんが干し柿を食べながら、遠くを見るような目をして言った。

「懐かしいわねえ。私は母が作ってくれる蓬餅《よもぎもち》が大好きだった。その日は朝から嬉しくて、野原に蓬を探しに行ったものよ」

あの蓬餅よりおいしいものを、いまだかつて食べたことがない。

目を瞑《つむ》ると、とうの昔に亡くなった父母や兄さんたちの顔が浮かぶ。いつまで経っても、父母は四十代。兄たちも若いままだ。

帰りたい。戦争が始まる前のあのころに……。

「ねえ菊ちゃん、秘密の場所、憶えてる？」

親戚に引き取られてからは、学校にいるときだけが楽しかった。おじさんの奥さんは見栄っ張りだったから、学校にだけはきちんと通わせてくれた。

「もちろんよ。校舎の裏にあった神社でしょう？　山葡萄《やまぶどう》が群生してたわね。あのころは東京にも自然がいっぱい残ってた」

「木苺《きいちご》や茱萸《ぐみ》もよく食べたわね」

「桜桃《ゆすらうめ》や桑《くわ》の実を、フミちゃんのお母さんに持ってってたら喜んでくれたことがあったわ」

当時の情景が次々と脳裏に浮かんでは消える。

「夏は縁側に盥《たらい》を出して行水してスイカを食べたわ。そういやオハグロトンボも最近は見なくなったわね」

「懐かしいね。フミちゃん、時代は変わったよ」

「変わった変わった。総理大臣だって半分アメリカ人みたいな人だもの。無理ない」

「あのころに帰りたいよ」

昔話のできる友だちが、ひとり死に、ふたり死に……。まわりは話の合わない若い人たちばかりになった。

「菊ちゃんが死んだら私悲しいよ。おしゃべりする相手がいなくなるもの」

そう言って、フミちゃんは寂しそうに笑った。

第三章　出口なし

土曜日、東洋子は台所で流しを磨いていた。夫は早朝からゴルフに出かけていていない。夫は予定通り今月いっぱいで会社を辞め、その二週間後には世界旅行に出かけるという。自分はといえば、あれからなんの変化もない。

いまだに家を出て行く決心がつかない。先のことを考える集中力がなくなっている。常に寝不足で疲労が溜まり、頭がはっきりしない。お義母さんが夜中にブザーを何度も鳴らすからだ。背中を掻《か》いてほしいだとか、耳鳴りがするだとか、そんなことでいちいちブザーを鳴らさないでほしい。ひと晩に一回でも身体にこたえるのに、最近は五回も六回も起きなければならない。

そして、あの特集番組『女性ホームレス急増！』を見てからというもの、家を出て行くのが恐ろしくなってきた。結婚以来働いていない自分など雇ってくれるところはないだろうし、きっと自分もテレビで見た彼女らのように路頭に迷うに決まっている。

要は、相変わらず……出口なし。

そんなことより、今はお昼を作らなくては。

なにを作ろうかと考えながら、かがんで冷蔵庫の野菜室を開けた。その拍子にぎっくり腰になりそうになり、中腰のまま静止する。そのあと、自分の腰を騙し騙し、そうっと立ち上がった。

ハムと玉子がある。

お昼は炒飯《チャーハン》と中華スープにしようと決めたとき、表でカタンと音がした。

台所の窓からのぞいてみると、お隣の前田《まえだ》家の奥さんが、宝田家のポストに回覧板を入れたところだった。

目が合った。

前田さんがにっこり笑って会釈する。

かねてから、自分もああいう歳の取り方をしたいものだと思ってきた。いつ会っても動作がきびきびとしているし、社交ダンスが趣味だからか、普段の服装もきらびやかだ。いつだったか、表で立ち話をしているとき、同じ干支《えと》だと判明したことがある。

自分が今五十五歳だから、前田さんは六十七歳だ。

彼女の華やかさに吸い寄せられるようにして、知らないうちに勝手口を開けていた。

サンダルをつっかけて、飛び石を踏みながら玄関前のポストまで歩く。

「前田さん、こんにちは」

「なんだか元気のない顔してるわね、宝田さん」

いきなり言われて驚いた。笑顔を作ったつもりだった。

「お隣だっていうのに、宝田さんのお顔を見るのは久しぶりだわ」

「なかなか家から出られないものですから」

「大変よね」

同情が表情に滲み出ている。寝たきりのお義母さんの介護をしていることは、近所の人はみんな知っている。しかし、故郷の漁師町とは違い、東京の人は他人の家のことにおせっかいを焼いたりはしない。そんなあっさりしたつきあいを、適度な距離だ、上品な人々だと歓迎したのは、家族全員が元気だったからだと今さらながらに気づく。介護するようになってからは、そんな都会的な気配りを冷たく感じるようになっていた。

自分が生まれ育った漁師町ならばどうだろう。隣の家のおばさんが、「お裾分けだよ」などと言いながら、畑で採れたかぼちゃの煮物かなんかを持ってくる。勝手に家に上がり込んで、家の中を遠慮なく見回した途端、悲惨な介護生活を敏感に察知する。そしておばさんは言う。「私がおばあちゃんを見ててあげるよ。あんたは気晴らしに喫茶店でコーヒーでも飲んで来なよ」と。どんなに助かるだろう。プライベートな生活をのぞかれたっていい。たまたま家の中がひどく散らかっていて、それを近所に言い触らされたってかまわない。そんなことどうだっていいくらい、もう本当に……疲れた。

「いい匂いね。玉ねぎ炒めてた？　宝田さんちのお昼はなあに？」

「炒飯です」

「偉いわあ。私なんか主人が亡くなってからひとり暮らしでしょう。だから、昼はいつも、そこの〈モントレ〉のランチセット」

「へえ、いいですね」

お義母さんさえいなければ、自分だって炒飯なんて作らない。

中華スープだって作らない。

自分ひとりなら、チーズトースト一枚で十分だ。リンゴを丸かじりするだけでもいい。

「町内清掃の日程が書いてあったわよ」

前田さんが回覧板を指差して言う。

町内清掃と聞いただけで腰が痛くなった気がして、そっと腰をさすった。

「来月ですか……」

「溝の掃除は重労働よね。業者に頼むわけにいかないのかしら。そのためなら町会費を値上げしてもいいと思うのよ」

「私もそう思います」

「でも宝田さんは偉いわよ。ご主人はまだまだ元気なのに、いつも奥さんが出ていらっしゃるでしょう。お姑さんのお世話もあるのに、ほんと良妻の鑑《かがみ》ね。私も文句ばっかり言ってたら罰が当たるわ。あら、いけない」

そう言って、前田さんは腕時計に目をやった。「七反同盟の集会の時間だわ」

「ナナハン？　バイクの？」

「まさか。七十歳死亡法に反対する同盟のことよ。私、支部長に推されてしまって。ねえ、よかったら宝田さんも参加しない？」

「いえ、私は家を空けられませんから」それに、その法律には大賛成ですので。

「そうだったわね。じゃあ今度、署名だけでもお願いね。じゃあ、ごめんください」

前田さんの後ろ姿を見送った。

ひらひらしたロングスカートが、歩くたびに揺れる。

東洋子一家がここに引越してきた当初、前田家は六人家族だった。だが、すぐに姑が心臓の病で他界し、そのあとを追うように舅が癌で亡くなった。その数年後に上の息子が結婚を機に独立。下の息子は、修学旅行で北海道に行ったのがきっかけで、北の大地に魅せられたとかで、今は苫小牧《とまこまい》の高校で社会科を教えているらしい。そうやって息子がふたりとも独立したあと、前田夫婦はふたり暮らしになったのだが、三年前に夫が肺癌で亡くなったのだ。

癌の発見から四ヶ月という早さだった。

ご主人が亡くなってからの前田さんは、これでもかというほど人生を謳歌しているように見える。きっと経済的にも余裕があるのだろう。

前田さんみたいな暮らしがしたい。

自分も自由が欲しい……。

家族以外の誰かと話をすれば、少しはストレス解消に役立つかと思って玄関先まで出てきたが、逆だった。

余計に落ち込んでいる自分がいる。

勝手口から台所へ上がると、電話が鳴っていた。

「はい、宝田でございます」

――東洋子？　私、宮沢《みやざわ》です。

「藍子《あいこ》なの？　お久しぶりね。どうしたの？」

大学時代の友人からはたまに電話があるが、高校時代の友人からは久しぶりだった。故郷が同じだから、大学時代の友人とはまた違った親しみがある。

――七十歳死亡法案が可決されたでしょう。だからもう死ぬまで東洋子に会えない気がしてね。今のうちに声くらい聞いておこうかと思って。

「やだ、大袈裟ね。七十歳までまだ十五年もあるじゃない」

――なに言ってんのよ。私たち、もう二十年近くも会ってないんだよ。

「えっ、もうそんなになる？」

そういえば、年賀状に添えてある言葉といえば、「いつか会いましょう」や、「今年は会えるといいですね」ばかりだ。人生が七十年と決まった今、〈いつか〉という日が来ない可能性は高くなった。いや、例の法律がなくても、〈いつか〉と言っているうちに歳を取って病に倒れ、会えずじまいで死んでしまうのが普通なのかもしれない。しかも、親切な誰かが知らせてくれない限り、友人の死を知るのはずっとあとになってからということもあり得る。

自分はといえば、年賀状にひと言を添えることさえしなくなって久しい。そんな時間もなければ精神的余裕もない。宛名さえワープロで印刷している。

以前は、差出人として夫婦と子供二人の名前を印刷していたが、子供が大きくなってからは、夫婦の名前だけで出すようになった。こうやって家庭の様子は伝わらなくなっていき、さらに疎遠になっていく。そういうのが歳を取るということなのかもしれない。寂しいが、これが現実だ。

――東洋子は今年のお正月も帰省しなかったでしょう。同窓会があったのよ。

「へえ、知らなかった」

藍子は独身だから身軽だ。自分とは似ても似つかない自由な生活をしている。

——東洋子のお母さんに恵比寿屋で会ったわよ。元気そうだった。

「エビスヤ？　なに、それ」

思えば母にもずいぶん会っていない。

——恵比寿屋を知らないの？　去年新しくできたスーパーよ。ユキちゃんちの向かいにあった病院の跡地にできたのよ。

目を閉じれば、故郷の町並みが瞼に浮かぶ。

「あの辺なら便利ね」

ふるさとに帰りたい。

母は七十八歳、父は八十歳。両親ともにあと二年に満たない命だ。ゆっくりと温泉旅行にでも連れていってあげたい。自分は三人姉妹の長女なのである。

上の妹は夫婦揃って高校の教師だが、何年か前に進路指導の担当になって以来、さらに忙しくなったと聞いている。下の妹は駅前にある老舗《しにせ》の昆布問屋に嫁いだ。店先での売れ行きは今ひとつらしいが、インターネットの通販では、そこそこ儲かっているらしい。

妹たちが地元にいるので、両親のことは一応は安心だ。でも、あと二年も生きられないことを両親はどれほど嘆いているだろうと思うと、いてもたってもいられない気持ちになる。

最後に母から電話があったのはいつだったか。母と話している最中に、「東洋子さあん」と大声でお義母さんが何度も呼ぶので、早々に切らねばならなかった。忙しさにまぎれ、あれっきりかけ直していない。温泉旅行どころか、ゆっくりと話を聞いてあげることもできず、自分は長女としての責任をまったく果たしていない。そう思うと悲しくなる。

「久しぶりに藍子と会って、思う存分おしゃべりしたいわ」

まともな会話がしたい。

なにについてでもいいからしゃべりまくりたい。

お義母さんの悪口を思いきり言いたい。

夫を口汚く罵《ののし》りたい。

大声でわめき散らしたい！

心の底から突き上げてくるような思いだった。

――私ならいつでもOKよ。

「藍子、悪いけど、このまま三十秒ほど待っててくれる？　場所を移動するから」

そう言うと、子機を握り締めたままそっと台所を出た。音を忍ばせて階段を上る。二階北側の寝室を通り抜けて三畳の納戸へ入り、引き戸をきっちりと閉めた。

ここなら誰にも聞こえないはずだ。四方をタンスに囲まれた中、脚立に腰かける。

「もしもし、お待たせ。実はね、主人の義母《はは》が寝たきりになっちゃって、その介護で家を空けられないのよ」

　──そのことなら、東洋子のお母さんからちらっと聞いたよ。大変らしいね。でも、土日は旦那さんが家にいるんじゃないの？　それに、お嬢さんもいるんでしょう？　もう大人になったんじゃない？　だったら東洋子も半日くらいは家を空けられるでしょう？

「それがね、娘は独立してひとり暮らししているの」

　──お嬢さんは関西かどこかに住んでるの？

「関西？　どうして？　杉並区だけど」

　──なんだ、都内にいるのなら手伝ってもらえばいいじゃない。それとも土日も休めないくらい仕事が忙しいの？

「そういうわけじゃないけど……娘には娘の生活があるし、一旦娘に頼るとどこまでも頼ってしまいそうになったことがあってね、だからなにひとつ頼るまいと決めてるの」

　──そうだったの。言われてみれば、老人を介護するのに孫の世代まで総動員するのも本来おかしなことかもね。でも旦那さんは？　土日くらいは交替してもらえるんでしょう？

　夫は土曜日はゴルフ。日曜日は疲れて寝ている。

「そうはいかないわよ」

──どうして？

「家族のために働いて疲れてるんだし」

そう思って自分を納得させないと、長年抱えてきた不発弾が爆発しそうになる。

──ずいぶん考えが変わったね。男女平等主義じゃなかったっけ？

「それは子供が小さいときの話よ。会社勤めより子育ての方が何倍も大変だという確信があったもの。でもね、子育てを終えてみると、いきなり楽チンな生活になったのよ。そうなると、働きもせずに食べさせてもらっているという惨めな感覚になるの」

──だって今はそういう楽チン期間は過ぎて介護で大変なんでしょう？　赤ちゃんの世話よりも厳しいんじゃないの？

「それはそうなんだけど……」

──なんだか絵に描いたような良妻賢母ね。

それは違う。いつの間にか、率直にものを言えない夫婦関係になってしまっただけだ。

──なんでもかんでもひとりで抱え込むのはよくないって聞くわよ。

抱え込みたくて抱え込んでるわけじゃない。誰も手伝ってくれないだけだ。自分ひとりが介護で疲弊している。そんなこと、同じ屋根の下に暮らす人間なら誰だって見たらわかる。わかっているのに手伝ってくれない。そんな人間に今さらなにを言うの？

――うちの会社ではあの法律ができてから、早期退職する人が増えたのよ。東洋子の旦那さんは定年退職まで勤めるの？

「うちの夫も、もうすぐ退職する予定なの」

――なんだ。じゃあ介護も手伝ってもらえるようになるじゃない。

「それがね、夫は大学時代の友人と世界一周旅行に出かけるらしいの」

――なんなの、それ。

大きなため息が聞こえてきた。

「ごめん。要は、家を空けることはなかなかできそうにないの」

――ふーん、そうなの。だけど……いや、へえ、そうなんだ。

藍子もたくさん思うところがあるのだろう。それでも、他人の家庭に口出しするのはいかがなものかと、言葉を呑み込んだのだろう。

――とりあえず、東洋子の携帯の番号だけでも聞いておこうかな。

「携帯電話は持ってないの。いつも家にいるから必要ないもの」

――今どき珍しいね。じゃあパソコンのメールアドレスでいいよ。

「主人と共有のアドレスならあるけど、それでもいい？」

――まさか、いいわけないよ。旦那さんも読むかもしれないと思ったらメールなんてできないもん。じゃあフリーメールでいいよ。

「フリーメールって、なに？」

――え？　知らないの？　えっと……フリーメールっていうのはね。

藍子はそこで言葉を切り、ため息をついた。

――ごめん。説明するの、めんどくさい。

「そうよね。ごめん」

――東洋子が謝ることじゃないよ。そのうち、いつか機会があったら会いましょう。

「そうね、そのうち、いつかまた」

〈そのうち〉や〈いつか〉なんていう日は来ない。

電話で話すうち、藍子がだんだんと白けてくるのが手に取るようにわかった。どっぷりと専業主婦生活に浸かり、昔の覇気《はき》など微塵《みじん》も感じられない旧友など、会ったところでおもしろくもなんともないと判断したのだろう。

藍子、あなたの鋭さは今も健在なのね。

高校時代の彼女は、成績はそれほどでもなかったものの、人となりを嗅《か》ぎ分ける能力に何度か驚かされたことがあったっけ。歯に衣着せぬ物言いをするせいで、藍子を嫌っている女子もたくさんいたけれど、自分は逆に彼女のそういうところが好きだった。思ったことを遠慮なく言うので、言葉の裏を読む必要がなく、つきあうのが楽だったとも言える。だけど、久しぶりに電話で話してみると、その藍子でさえ慎重に言葉を選び、言いかけたことを呑み込むようになっている。社会で揉まれた結果変わってしまったのか、それとももう自分なんか相手にされていないのか……。

電話を切ったあと、そっと納戸から出た。

考えてみれば、お義母さんが寝たきりになってからひとつだけいいことがある。こうやって家の中を自由に歩き回れるようになったことだ。まだ元気だったころは、お義母さんが家事を取り仕切っていたので、自分の居場所はどこにもなかった。でも、今となってはリビングもキッチンも客間も二階の納戸もすべて自分ひとりのものだ。夫は帰りが遅いし、正樹は部屋から出てこないとなればなおさらだ。

階下からブザーの音が聞こえてきた。

急いで階段を駆け下りる。そんなに急ぐ必要もないのに、心のうちを見透かされている気がして慌ててしまう。

「お義母さん、なんでしょうか？」

たぶん、不自然な愛想笑いを浮かべていたのだろう。うつ伏せの状態のまま首を捻《ね》じ曲げ、不審な目を向けている。

うつ伏せになっているということは、腰を揉めということだ。自分自身も腰を痛めているが言えないでいる。言ったところでどうせ不愉快な思いをするだけだ。嫁の言うことなど本気で聞いてくれたためしなどないのだから。

「東洋子さん、あなた本当は喜んでるんでしょう?」

「喜ぶ? なにをですか?」

背中を親指で指圧しながら問い返した。

何年にも及ぶマッサージで嫁の親指が変形してしまっていることなど、この人は死ぬまで気づかないだろう。

「正直に言いなさいよ」

「えっと……だから、私がなにを喜ぶんでしょうか?」

皆目見当がつかない。

「やあねえ。しらばっくれて。あの法律ができて嬉しいんでしょう」

ごまかされないわよ、とでも言いたげに、首をひねってかっと目を開き、こちらの目を捕らえた。

「どうして私が喜んだりするんですか?」

あの法律のせいで、自分はあと十五年しか生きられない。それに比べてお義母さんは八十四歳まで生きてこられた。そしてさらに、あと二年もの猶予がある。考えてみれば不公平な話だ。もちろん、自分は寝たきりになってまで生きながらえたいと思わないが、七十歳というのは早すぎやしないか。

「だってあの法律が施行されるのは二年後なのよ。ということはつまり、私の世話もあと二年で終わりってことでしょ。こんな意地悪ばあさんと別れられると思って、せいせいしてるんでしょう？」

「いいえ、そんなこと……」

「せいぜいあと二年、我儘言わせてもらうわよ」

「はあ……」

「ところで東洋子さん、あのこと知ってるんでしょう」

「あのことって、なんですか？」

「裏の法律のことよ」

「ウラ？　いえ、私は知りませんけど」

「嘘ばっかり。本当は噂で聞いたこと、あるんでしょう？」

「噂？　私の耳に噂話なんていったいどこから入ってくるんですか？」

パチンと心の中でなにかが弾《はじ》けた。

自分を犠牲にしてこんなに一生懸命世話をしているのに、ネチネチとわけのわからない嫌味を言われる筋合いなんてない！

「私はお義母さんのせいでこの家から出られないんです！」

涙があふれ出した。「そんな私にいったい誰が噂話を聞かせてくれるっていうんですか！　友だちの誘いもいつも断ってるんですよ！　お正月には田舎で同窓会もあったんです！」

激昂の波が腹の底から押し寄せてきた。

止められなかった。

「もういい加減にしてください！」

言いながら部屋を出る。バタンと大きな音をさせて乱暴にドアを閉めた。

その日の夜、夫が風呂に入っている隙《すき》に二階へ上がり、タンスの小引出しを開けてみた。

ない！

どうして？

そこにあるはずの預金通帳もキャッシュカードも印鑑も消えていた。まさかと思い、着物の間に手を差し入れてみると、挟んでおいた五十万円だけは無事だった。

夫が風呂から上がってくるのをじりじりとした思いで待った。

「あーいい湯だった。東洋子も入れば？」

「ねえ、ここに入れておいた預金通帳、知らない？」

「ああ、それね。東洋子はもうお金のことは心配しなくていいよ」

「それ、どういうこと？」

「これからは、俺が管理することにしたんだよ」

「どうして？」

「退職したら時間も増えるだろ。それくらいは俺がやらなくちゃね。今まで本当にご苦労様。金が必要なときには遠慮なく言ってくれればいいからね」

「そんな……」

「誤解するなよ。家計費をケチるつもりなんかさらさらないんだから。それどころか、東洋子ももう少しおしゃれした方がいいんじゃないか？　買いたいものがあるならその都度言ってくれれば出すから」

その都度？

——スーパーに行くからお金をください。

——靴下を買いたいのでお金をください。

目の前が真っ暗になった。

「心配するなよ。俺が旅行で留守にする三ヶ月間の家計費はちゃんと置いていくから」

本物の奴隷になった気がした。

まるで閉所恐怖症のカゴの鳥のような気分だった。そこに夫がいなければ、大声をあげてのたうちまわりたいくらいだった。深呼吸して息を整えないとパニックに陥りそうだった。お金が自由にならないとなれば、普通なら家出をあきらめるのかもしれない。だけど自分は逆だ。一刻も早くこの牢屋から逃げ出したくてたまらなくなった。

私は今、いくら持ってる?

和ダンスに隠しておいた五十万円と、財布には確か二万三千円くらい。そして、台所の引出しには、先週銀行でまとめておろしておいた生活費の残りがまだ九十五万円はあるはず。

合計百四十七万三千円。

自分が持ち出せるのは、それだけだ。

*

とんとんとん……。

軽快な足音が階段を上って来る。

ベッドに横になって雑誌を読んでいた宝田正樹は耳を澄ませた。

あの足音は母じゃない。

母であれば、トレーに載せた汁物がこぼれないようにと、慎重な足取りで一歩一歩踏みしめるように階段を上がってくる。

誰だろう。

「正樹、夕飯よ」

母の声だったので拍子抜けした。

足音の軽快さから考えると、今日は珍しく味噌汁がないらしい。

「ねえ正樹、寝てるの？」

あーうるさい。放っておいてほしいのだ。

寝てようが起きてようが、あんたになんの関係があるんだよ。

ウンザリする。ドアを開けて顔を見せるまで、今日も母は立ち去ろうとしない。

あー鬱陶しい。

「正樹！　いるんでしょ！」

いきなり金切り声に変わった。びっくりして飛び起きる。

「返事しろって言ってんの！」

慌ててドアを開けた。

「馬鹿にするのもいい加減にして！」

母がすごい形相で睨みつけてくる。

母はどちらかというと喜怒哀楽が顔に出ない質《たち》だ。今までこれほど怒り狂った母を見たことはなかった。

「あのう……なにかあったの？」

恐る恐る尋ねてみると、母は無言のまま紙袋をこちらの胸に押しつけてきた。見ると、マクドナルドの袋だったので、またもや驚いた。母はいつだって栄養バランスを考えているのではなかったか。子供のころは、いくらせがんでも、めったにファストフードの店に連れて行ってくれなかった。

母が口の中でぶつぶつとなにやらつぶやいたが、低くて聞き取れない。

「なんて言ったの？」

「私のこと馬鹿にしてる」

「俺が？　そんなことあるわけないだろ」

母はこちらを見てはいなかった。

目に涙をいっぱい溜めて、宙を睨んでいる。

「いい加減にしてよ！　よってたかって私を女中扱いして！」

吐き捨てるように言うと、母は階段を駆け下りていった。

呆然と後ろ姿を見つめた。

いったいなにがあったのだろう。いつだって賢明な母が大声を出すなんて。

それはともかくとして……。ドアを閉め、袋の中身をテーブルの上に並べてみた。

ダブルバーガー、フライドポテトのLサイズ、コーラのMサイズとチキンナゲット。

ポテトを一本口に入れてみた。学生時代の味がした。懐かしい。人出の多い駅の近くにしかマクドナルドがないので久しぶりだった。自然と顔がほころぶ。

それにしても、どうしてこんなものを買って来たのだろう。料理を作ることもできないほど疲れ果てているのだろうか。

まっ、理由はなんでもいい。久しぶりにおいしいものを食べることができるのだから。

どうせ明日には機嫌も直ってるだろうし。

＊

東洋子は、待ち合わせのカフェをやっと見つけることができた。

「ごめんね、遅れちゃって」

約束の時間を十五分も過ぎていた。

藍子はちらっとこちらを見たあと、にこりともせず文庫本を閉じた。

藍子は若いころとちっとも変わっていなかった。皺は増えたが、雰囲気もスリムな体形も昔のままだ。

「東洋子、渋谷は久しぶりなの？」

「五年は来てない。ずいぶん様変わりしちゃって、このカフェもなかなか見つけられなかったよ」

「東洋子の家から渋谷まで、電車でたった十分でしょう？」

藍子は憮然としたまま言う。

「それは、そうなんだけど、義母の介護でショッピングどころじゃないもの。藍子は何時に着いたの？」

「約束の十分前よ」

ということは、合計二十五分も待っていたのか。コーヒーカップを覗くと、底が見えた。

「長いこと待たせてごめん」

でも、こちらの事情もわかってほしい。出がけにお義母さんに呼ばれ、オムツを替えろだの、お茶を持って来いだのと用事を言いつけられたのだから。

「携帯電話くらい持ったら？　連絡のつけようがないじゃない。もしかして私の方が場所を間違えたんじゃないかとか、東洋子が急に来られなくなったんじゃないかとか、いろいろ考えてストレス溜まりまくりよ」

「ごめん」

謝りながら、ふと藍子の足もとを見ると、ジーンズにスニーカーという出で立ちだった。やっぱり勤めている人は違う。自分はジーンズなんてもう何年も穿《は》いていない。

なんだか距離を感じた。

「年月は人を変えるね」

しみじみと藍子が言った。

彼女の表情に落胆の色が見えたように思う。たぶん錯覚ではない。

「そりゃあそうよ。二十年近くも会っていなかったんだもの」

「ところで東洋子、その荷物はなんなの？　このあと旅行でもするの？」

藍子の視線がボストンバッグに注がれている。

「実はね、実家の母が倒れたことにして家を出てきたの。そうでもしないと家を空けられないからね。どうして今までこんな簡単な嘘を思いつかなかったのかしら」

「簡単？　そうは思わないけど。嘘をつくのは勇気が要るし、なにかのはずみでばれることも多いよ」

「そんな……」

「やだ東洋子ったら。怯《おび》えたような顔しちゃって。で？　これから田舎に帰って息抜き？」

「ううん、帰らない。もしものときは口裏を合わせてくれるようにって母には電話で頼んでおいたけどね」

言いながら、昨日の母との会話がぼんやりと頭に浮かんだ。

――明日、そっちに帰ろうかと思うの。

納戸を締め切り、小声で話した。

――悪いけど明日から町内会の旅行なのよ。大阪見物のあと坂本冬美ショーを観に行くの。ほら、お父さんて昔から冬美ちゃんのファンでしょう。今からうきうきしちゃって、おかしいったらないの。

仲睦まじい様子が伝わってくる。思えば家庭を大切にする優しい父だった。

――じゃあ来週はどう？

――うーん、今年いっぱいは予定が詰まってるけど二、三日ならなんとかなるわ。できれば年が明けてからの方が助かるけど。

助かる？

娘が帰省することは、今や喜びではなくて負担なのか。娘などいなくても楽しく暮らしている両親に安心する一方、寂しくもあった。

それより、お義母さんに嘘がばれたらどうしよう。

「やっぱりひょんなことから嘘がばれることもあるかしら？」

「東洋子ってなんだか……。で、お姑さんの介護は誰に頼んで来たの？」

「主人の姉よ。緊急事態ってことでしぶしぶ来てくれたわ」

「ふうん。それで、東洋子が私に相談したいことというのはお姑さんの介護のこと？」

「そのはずだったんだけど、よく考えてみたら、そんなこと相談しても仕方がないんだって気づいて……」

「話を聞いてもらうだけですっきりすることもあるよ」

「そう言ってもらえるとありがたいわ。わざわざ呼び出しておいて、やっぱり相談ごとはなかった、なんて申し訳ないもの」

「そんなことないよ。久しぶりに会えただけでも良かったよ」

「そう？　ありがとう」

「七十歳死亡法ができたから、お姑さんの介護ももうしばらくの辛抱ね」

「それはそうなんだけど、私たちの人生だってあと十五年しかないでしょう。そのうちの二年間もお義母さんの介護に充てるなんて冗談じゃないと思い始めたの」

「それは言える。お姑さんは八十代でしょう？　もう十分生きたよね」

「それにね、感謝の言葉ひとつ言わないような人なのよ」

「あらいやだ。でも、もしも頻繁にありがとうって言ってくれる人ならどうなの？　これからも介護していけそうなの？」

「それは……」

「違うよね。ありがとうって言われたところで、大変さは同じだもんね」

藍子の言う通りかもしれない。

「それより息子さんはどうしてる？　帝都大学を出たんだよね」

きっと藍子は話題を明るいものに変えようと気遣ってくれたのだろう。しかし、思わず目を逸らしてしまっていた。

「一応は大東亜銀行に就職したんだけどね」

「あらすごい」

「うん、でも人間関係がうまくいかなかったみたいで……辞めたわ」

「最近の子は見切りをつけるのが早いよね。うちの会社でもね、やりがいを求めてさっさと転職する若者が少なくないの。そういう生き方、羨ましい」

「いや、それが……ずっと家にいるのよ」

「家にいてなにをしてるの？　国家試験を目指してるとか？　それともすでに資格を取って自宅で開業してるの？」

「ううん、なにもしてないの」

「えっ？」

藍子は意外そうな顔をした。「息子さんはいくつになるの？」

「二十九よ」

「引きこもりってこと？　もしかして家庭内暴力もあるの？」

「そういうのは一切ないわ。テレビドラマに出てくるカミソリみたいな少年とは全然違うの。コンビニやレンタルビデオ店にもちょくちょく出かけていくし、部屋から出てこないってわけじゃないのよ」

「なんなの、それ。ますますわからない」

藍子は怒ったように言った。「カミソリ少年の方がまだ想像できるってもんよ。はっきり言わせてもらうけど、それって単なる怠け者じゃない？　だって一日中家にいるんなら、お姑さんの介護を手伝うべきだよ」

「そんなの無理よ。ちょくちょく履歴書を送ったりしているし、たまには面接も……いや、最近は面接には行ってないようだけど。でも介護の手伝いだなんて、なんせ男の子だしね」

「は？　男の子も女の子も同じように育てるって言ってた気がするけど……実際に子育てしてみると考えが変わったの？」

「そういうわけじゃあ……ないけど」

「息子さんは今後、どうするつもりなの？」

「わからない。本人がなにを考えているのかちっともわからないもの。そもそも会話もないし。それもこれも私の育て方が悪かったからだけど。子供が問題を起こす原因は親にあるのよ。それは私の持論でもあるの。自分を責めなかった日は一日もないわ。あの子の将来を思えば胸がつぶれそうにつらい。だって、息子の将来を台無しにしたのは私なのよ。だから、せめてもの罪滅ぼしに食事にだけは気を遣ってやってるの」

「東洋子の育て方が悪かったんじゃないよ」

「えっ、どうしてそう思うの？」

驚いて藍子を見た。

子育て期間中に藍子に会ったことはないはずだ。自分が子供に接する態度など、藍子は一度も見ていない。

「東洋子が育てた子供なら、きちんとした生活態度や、人生に対する生真面目さみたいなものを身につけてる気がするよ」

「そう？」

自分の努力を認めてくれる人に会ったのが、ずいぶん久しぶりのような気がした。

「引きこもりになった原因なんて、誰にもわからないんじゃない？　原因は友だちや学校の先生かもしれないし、社会人になると、いやな上司もいる。今まで東洋子の息子にかかわって影響を与えた人なんて数え上げたらきりがないよ。それに、本人の生まれ持った潔癖さや繊細さが行く手を阻《はば》んでるのかもしれない。たぶん、そういうこと全部が複雑に絡み合っているんじゃないかな。こうなったら荒療治しかないんじゃないの？」

「例えば？」

「家を追い出してひとり暮らしさせるとか。そしたら自分でなんとかするんじゃない？」

そんな簡単なことでいいのならば、引きこもりの子供をかかえる親はみんなそうしている。

「私たちの世代ならそういう方法も効いたと思うのよ。でも、今の子はどうかな」

「東洋子がそう思うのならそうかもね。所詮私は子育ての経験がないから、本当のところはなにもわかってないもの」

「正樹も最初は必死になって転職先を探してたのよ。でもね、学歴に見合った就職先がなかなか見つからないみたいなの。居酒屋のアルバイト程度しかないのよ。信じられる？」

「一生懸命やれば、認められて正社員になれることもあるんじゃない？」

「居酒屋で正社員になったところで……。お高くとまってると誤解しないでもらいたいんだけど、でもせっかく帝都大学を出てるのに」

「チェーン店を全国展開してる大きな会社の幹部候補生になれるかもしれないよ」

「正樹の同級生で飲食店に勤めてる子はいないわ」

「でも、働かないよりはマシじゃない？」

「そうは思わない。一旦そういうアルバイトを始めてしまったら、一生浮き上がれない社会構造になってるもの」

「東洋子の言うことにも一理あるけど、このままだと本物の引きこもりになるかもよ」

「そんな……」

最も恐れていることをずばり言われて動揺した。

「一流企業じゃないと働く価値がないっていう東洋子の考え方が、息子さんのプレッシャーになってるんじゃない？」

「えっ？」

考えたこともなかった。

確かに大東亜銀行を辞めた直後は、同レベルの企業か、それ以上のところに転職するものとばかり信じて疑わなかったけど……。

でも、プレッシャーだなんて。

そんな馬鹿な。

だって、自分は正樹に「頑張れ」と言ったことすらない。あの子は成績にしろ進学にしろ、いつも期待以上の成果を出して親を驚かせてくれた。だから今度も、びっくりするような有名企業に就職が決まるのではないかと内心期待していた。

だが、自分が本当に望んでいることは、正樹が楽しそうに生きていくことだ。聞こえのいい企業に勤めてもらいたいとは思っていない。中小だろうが零細だろうがかまわない。

ただ、正樹がそれに満足しないと思うだけだ。

「プライドも学歴も捨てて一から出直せば？　一日も早いうちがいいよ」

「そう……かもね」

「贅沢言ってる場合じゃないよ。どんな仕事でも働けるだけありがたいご時世だもん」

もしかして、今、藍子が言ったことを、正樹も親から言ってもらいたかったんだろうか。

「他人ごとながらなんだか焦るよ」

「心配してくれてありがとう」

「東洋子は介護で大変なんだから、もう息子さんのことは、ダンナにバトンタッチしたら？」

「主人に？」

「そうだよ。ダンナだって親なんだもの」

「うん、それは……そうね」

数日前、夫は満面の笑みを浮かべて海外旅行に出かけたのだった。

玄関先で見送るとき、とてもじゃないけど笑顔は作れなかった。憮然としていたはずだ。それに気づかないはずもないだろうに、夫は平然と言った。

――家のことは任せたからな。じゃあ。

意気揚々と駅へ向かって歩いて行った。

そんな夫にバトンタッチできるはずがない。

「あ、そうか、わかった」

藍子がぽんとテーブルを叩いた。「腹立たしさの原因が今わかったよ。東洋子に会ってからなんだかいらいらしどおしだったんだ、私」

「その原因というのは？」

「大親友だった東洋子が酷《ひど》い目に遭ってる。私、そのことが許せないみたい。だってあなたは、もっと覇気《はき》があって、常にリーダー的存在の女でなきゃあ。私の知ってる東洋子は気弱な愛想笑いなんて似合わない。そんな東洋子、見たくない。歯がゆくて仕方がないよ。いつだって私の半歩先を行く女であってほしいの。高校時代みたいに」

藍子はそう言うと、すごく喉が渇いていたかのように、グラスの水を一気に飲み干した。

リーダー的存在？

私が？

半歩先を行く女？

驚いて藍子を見ると、納得したようにひとりうなずいている。

長い間忘れていたがそんな時代もあったのだった。こんな自分でも誇りや自信を持っていたことがあった。それは自惚《うぬぼ》れと言い替えてもいい。自惚れは大切だ。それがなければ堂々と顔を上げて生きてはいけない。

「悪いのは、家庭に責任を持とうとしない東洋子のダンナだよ。それと、ショートステイさえ行ってくれない姑。そしていつまでも自立しない息子。加えて、家庭に無関心な娘。どいつもこいつもいい加減にしなさいよ」

「……ありがとう」

怒った表情から、本気で心配してくれているのがわかった。

「ねえ、東洋子。泣いても笑っても、あと十五年しか生きられないんだよ。残りの人生、もっと楽しく生きられるように工夫する余地はないの？」

楽しく生きる？

そりゃあ、そうできればそうしたい。

「実は私、家を出ようかと思ってるの。でもそんなことしたら、お義母さんも正樹も困るよね」

「東洋子の家出を咎《とが》める権利なんて誰にもない！　今までよく頑張ってきたよ。ううん、頑張りすぎ。この際、東洋子の存在のありがたさをみんな思い知ればいいんだよ。となると、まずは住む場所を探さなきゃね」

「住むって、どこに？」

「そんな心細そうな顔しないでよ。あなた、ほんとに東洋子なの？　若かったころの東洋子はこんなじゃなかった。福井から上京してきたころは、電車の乗り方もわからなかったじゃない。だけど私たち、なんとか頑張ってやってきたよ。まだ十八歳だったんだよ」

「うん、確かに」

「東洋子は早々に学生寮を出ちゃったじゃないの」

「そうだったわね」

そのころを思い出すと、自然と顔がほころんだ。明るい未来を信じ、人生の中で最も輝いていた時代だ。

当時の学生寮は個室でないのが普通だった。ルームメイトは親切で感じのいい子だったが、東洋子はプライバシーがないことに耐えられず、さっさと寮を出てアパート暮らしを始めた。田舎の両親が心配するかと思ったが、両親は娘の性格をわかってくれていたようで、他人と四六時中一緒じゃつらいだろうと理解してくれた。あのころは景気がよくて、実家の寝具店もおもしろいように儲《もう》かっていたから、引越し費用も翌日には送金してくれた。

「東洋子、あのときはどうやってアパートを見つけたんだっけ？　まだ東京に出てきて一ヶ月くらいだったでしょう？　右も左もわからない時期だったから、あの勇気には驚いたよ」

「あのときは確か、街で見かけた適当な不動産屋に入ったのよ。そこで条件に合う部屋をいくつか紹介してもらったの。日当たりのいい角部屋があったから、その場で契約して、寮に帰ってすぐに荷造りを始めたわ」

「そのころの行動力はどこへ消えたのよ」

「あれは学生だったからできたのよ。地方から出てきた学生がアパートを探すのはよくあることだから、不動産屋も慣れたものだったし、親切だった。だけど今は違う。五十代の女性が、『私、ひとり暮らしのアパートを探しているんです』なんて言ったら、不審な目で見られるに決まってる。家出してきた主婦だと思われるのがオチよ」

「オチって、その通りじゃないの。東洋子は正真正銘、家出してきた主婦だよ」

絶句した。

「不動産屋の人が東洋子を見れば、いい歳して不倫に破れた女だとか、暴力亭主に耐えかねて逃げてきた女に見えると思うよ」

「そんな……」

「ごめん、意地悪なことを言っちゃった。でもね、なにもしないうちから心がくじけてる東洋子が歯がゆいの。そんなことじゃなにひとつできないよ」

「そうね。ところで、藍子にひとつお願いがあるの」

「いいよ。私にできることなら」

「今夜、藍子のマンションに泊めてくれない?」

次の瞬間、藍子の顔から表情が消えた。

「悪いけど……断る」

「え?」

驚いて藍子を見つめた。

「私、ずっと独身だからかもしれないけど、プライベートな空間に他人に入られるのがすごくいやなのよ」

申し訳なさそうに藍子は言った。「そういう自由な暮らしをもう何十年も続けてきたの」

断られるとは夢にも思っていなかった。実を言えば、藍子のマンションに泊めてもらうつもりで家を出てきたのだった。まるで傷つきやすいティーンエイジャーみたいに気分が落ち込んだ。

「東洋子、悪く思わないでね」

「ううん、こっちこそごめんなさい。図々しいこと言って」

「駅前にビジネスホテルがあるよ。内装もきれいで清潔だよ。何年か前に、短大時代の恩師の出版記念パーティがあってね、地方から出てきた同級生たちが泊まったから知ってる」

「ビジネスホテルか……」

「普通のホテルより値段はお手ごろだよ。確か一泊六千円くらいじゃなかったかな」

「料金のことはいいの。お金は持って出てきたから。ただね、ホテルにひとりで泊まったことがないものだから」

「あらそう。じゃあいい経験になるじゃない」

情けない女に成り下がってしまった友人に対し、藍子が歯がゆさを通り越して腹を立てているのが見てとれた。

互いの生活感覚に大きな隔たりができてしまっている。高校時代のように仲良くつきあっていくのはもう無理なのかもしれない。それほど自分は変わってしまったのだろうか。

幼馴染みというのは特別な存在だ。昭和時代の福井の漁師町の空気、互いの家族の歴史や雰囲気、幼稚園から高校までの共通の同級生たち……。説明しなくてもわかりあえるものが、根底に数え切れないほどある。だけど、年月はその関係を少しずつ変形させていく。それぞれに違う環境で過ごす年月が長くなればなるほど、考え方も感じ方も変化していき、共鳴することは確実に減っていくらしい。

「でも意外だった。東洋子って私が想像していたのと全然違うんだもん。子供を生んで育てて、家庭の太陽として采配《さいはい》を揮《ふる》ってきたんだろうから、だから……」

「だから、なに？」

「ちょっとやそっとのことでは物怖《ものお》じしない、もっと堂々とした女になっていると思ってた。それに……」

「それに？　なによ。はっきり言って」

「じゃあはっきり言うけど、そんな格好じゃどこへ行っても怪しまれるよ」

「私の格好、そんなにおかしい？」

「時代遅れのボストンバッグといい、大きな肩パッド入りの古い型のスーツといい、田舎から出てきたばかりで、右も左もわからない、不安を抱えた女に見えるよ。おどおどした雰囲気っていうのはね、若い女の子の専売特許なの。世間は同情もするし、ときには親切ぶって悪い男が寄ってくることもある。でもそれが中年の女ともなると、周りは直感的に」

　言いかけて藍子は口をつぐんだ。

「直感的に、なんなの？」

「かかわり合うと面倒なことになるってぴんとくるわけよ。その荷物、まずはコインロッカーに預けて、スーツはお金に余裕があるんなら買い換えたら？　それと化粧も変えた方がいいよ。いまどきブルーのアイシャドウってどうなんだろ。それ、四十年前にタイムスリップしたみたいだよ。ほら、ニュートラとかハマトラとかっていうやつ」

　藍子が憐れんでいる。

　かわいそうな動物を見るような目だ。

　愕然とするのと同時に、カチンときた。

「今夜はビジネスホテルに泊まるけど、アパートも今日中に契約してしまうことにするわ」

　同級生を前にして、強がってみせずにはいられなくなった。

　いきなりお腹の底からむくむくと、つまらないプライドが突き上げてきたのだった。

「え？　そうする？　じゃあ不動産屋についていってってあげる」

そうくるとは思わなかった。藍子がついてきてくれるなら心強いけど、でも……。

「それは悪いよ。藍子だって忙しいだろうし」

「おもしろそうだもん。ついでだし」


喫茶店を出ると、駅前まで歩いた。

「あそこなんかどう？」

藍子が指差したのはガラス張りの明るい雰囲気の不動産屋だった。

「うん、よさそうね。入ってみる」

もしもひとりだったら、こう簡単にはいかない。入ろうかどうしようかと逡巡《しゅんじゅん》した挙句、

――やっぱり今日はやめておこう。

そうなった気がする。

「東洋子、住宅街はやめた方がいいよ。独り者はゴミゴミした都会に紛れて暮らす方が気楽でいいに決まってるもん」

店にあった物件情報の載ったファイルをぺらぺらとめくってみるが、新宿や渋谷や池袋では家賃が高すぎて手が出なかった。藍子は若いときに三十年ローンを組んで１ＬＤＫを買ったらしいが、自分には無理な話だ。

「どういったお部屋をお探しですか？」

でっぷりと太った男性の店員が尋ねた。四十代後半といったところだろうか。

「都心にあって、しかも家賃の安いアパート」

藍子が無謀と思える条件を口にする。

呆れるだろうと思ったら、店員が「あることはありますけどね」と答えた。

「これなんかどうでしょう？」

店員が見せた間取り図は1DKだった。外観写真もついている。昭和の香り漂う木造モルタルアパートで、「上野荘」と書かれていた。JR上野駅から徒歩八分の好立地で、商業ビルや高層マンションの谷間にひっそりと生き残っているといった感じだった。

「お急ぎになった方がよろしいですよ。最近はこういった安い物件が少なくなりましたから、市場に出回った途端に決まってしまうんです。で、どなたが借りられるんです？　お子様ですか？」

学生のひとり暮らしだと思ったらしい。

「私が借りるんです」

「おひとりで、ですか？　失礼ですが、ご職業は」

「専業主婦です」

店員は露骨に顔をしかめた。

「ご主人名義でお借りになられますか？」

「いえ、私の名義で借りたいんですが」

「うーん、それは厳しいなあ。だって収入がないわけでしょう？」

いきなりぞんざいな口の利き方に変わった。

「私が保証人になるわ」

藍子が社員証を見せる。

「ちょっと拝見」

店員は社員証を手に取ってじっくりと見る。「ほお、いいところにお勤めですね」

旧財閥系の孫請け会社なので、会社名に旧財閥の名を冠している。

店員の表情がいくぶん和らいだ。自分より藍子の方が社会的身分が上だと言われたも同然だった。自分は、〈宝田静夫の妻〉であればこそ社会的信用があるのだ。その枠を外れた途端に、〈怪しい女〉になり下がるらしい。

「この社員証、コピーさせてもらいますよ。それと、できれば家賃を半年分前払いしてもらえると助かるんですがね」

「半年分も？」

藍子が不服そうに口を尖らせる。

「最近はいろんな人がいるもんでね」

店員は、懐《ふところ》具合を読み取ろうとでもするかのように東洋子の顔色をうかがう。

自分はそれほど信用できない人間に見えるのか。

「わかりました。払います」

敷金と礼金、それに半年分の家賃を前払いすると、財布の中身はいきなり心細くなった。

冷蔵庫や炊飯器などもひと通り買い揃えなければならないというのに。

まさか、本当にアパートを決めてしまうとは……。

＊

そういえば、ここのところ沢田のブログをずいぶんと見ていない。

夜も十二時を過ぎたころ、宝田正樹はぼんやりとパソコンを見つめていた。

中学のとき、あんなに仲が良かったのに。

いいやつだったのに。

思春期をともに過ごしたという思いは生涯消えないだろうと思う。それなのに、あいつが転職に成功したのを素直に喜べない自分って、心が狭いよな。

まっ、仕方がない。誰だってそうさ。友だちの成功物語なんて、自分を惨めにさせるだけに決まってる。

それでも沢田のブログを久しぶりに見てみる気になったのは、日々自虐的になっていたからかもしれない。毒を喰らわば皿までといった心境だった。

沢田のブログをクリックした。

——死にたい死にたい死にたい！　死んで楽になりたい！

いきなり衝撃的な文字が飛び込んで来た。

昨日の深夜に書き込まれたものらしい。

どうしたんだ？　正社員として採用されたのをあれほど喜んでいたというのに。

「だから言ったろ」

無理して働いたってろくなことないんだよ。

どうせ非人間的なほど忙しいんだろ？　俺も勤めてたころはそうだったよ。そんでもって上司の性格は歪みまくってんだろ？

「そうなんだろ？」

やっぱりどこで働いても最悪じゃん。

前日分も読んでみる。

——疲れた疲れた疲れた！　人生に疲れた！

昨日も一行だけだ。

で、前々日は？

——腹ペコなのになにも食べたくない。食べても吐いてしまう。もういやだ。

嫌な予感がした。

以前のように、職場でのイジメを客観的に皮肉を交えながら書くというような余裕もなくなってしまっている。書き込まれた時間帯はすべて深夜から明け方にかけてだった。

一日一行だけではなんのことやらさっぱりわからない。

家電量販店に就職したばかりのころに遡って読んでみよう。そうしなければ、沢田の置かれた状況がつかめないと思い、超特急でブログに目を通した。

意気揚々としていたのはどうやら最初の一週間らしい。そのあとブログの更新は滞り気味になり、最近では一日一行のみとなっている。

大丈夫だろうか。沢田の身になにか大変なことが起きてるんじゃないだろうか。

だけど……そもそも自分が気にすることではない。

沢田を最後に見たのは中学校の卒業式だ。もう十五年近くも会っていない。沢田は優しくていいやつだから、その十五年の間にたくさんの友人ができたはずだ。恋人だっているかもしれない。どう考えたって自分なんかが出る幕じゃない。

ベッドに寝転んで推理小説を読み始めたが、落ち着かなかった。目が字面を追うだけで内容が頭に入ってこない。

いや、待てよ。沢田にたくさんの友だち？

もしもあいつがいい仲間に囲まれているとしたら、ブログに思いをぶつけたりするだろうか。孤独だという証拠じゃないのか？

気になって、もう一度沢田のブログを開いてみた。

すると、新たに今日の分が書き加えられていた。

——助けてくれ！

次の瞬間、思わず立ち上がっていた。

この広い世界の中で、沢田の異変に気づいているのは自分だけかもしれない。いてもたってもいられない気持ちになった。

沢田が呼んでいる。

あいつが助けを求めている。

時計を見ると午前零時半だった。Tシャツの上にブルーのパーカーを着てそっと階段を下りる。音をたてないように玄関ドアを閉めると、自転車を走らせながら記憶を辿った。沢田の家には中学のときに一回だけ行ったことがある。沢田のお母さんはスーパーのレジ打ちのパートをしていたが、その日はたまたま休みだったらしく家にいた。化粧っけもなく地味で小柄な人だった。いまだに印象深く覚えているのは、おやつに出してくれたのがスナック菓子でもケーキでもなく、鶏の唐揚げだったことだ。学校帰りの夕刻で空腹だったから嬉しかった。「遊びに来てくれてありがとね。登にいい友だちがいて安心したよ」と繰り返し言った。沢田も「母ちゃんの唐揚げはうまいんだ」と得意げだった。

エレベーターのない老朽化した五階建ての団地だった。今でもあそこに住んでいるのだろうか。

橋を渡り、環状八号線を越える。全速力で漕ぐと、運動不足のせいで足が攣《つ》りそうになった。

あ、あの公園……見覚えがある。

ブランコが二つ街灯に照らされていた。あのブランコに座って熱心にＳＬの話をしたのだった。

そして、そうそう、青い看板の佐々木胃腸科があって、バプテスト教会の前を通りすぎると、もうそろそろのはず。

スピードを落とす。

あった！

五階建ての平凡な団地。外壁を塗り替えたのか、前よりきれいになっている。

奥の棟の五階だったと思うけど。

夜中なので、足音を忍ばせて階段を上る。

あれ？　表札が〈沢田〉ではなくなっている。部屋を間違えたかもしれない。そう思い、どの部屋の表札も見てまわったが、〈沢田〉は一軒もなかった。

あれから十五年も経っているのだった。

あいつ、どこにいるんだろう。

誰に聞けばいい？


急いで家に戻り、中学の卒業アルバムを開いた。

期待を込めて顔写真に目を走らせてみたが、今ではどの顔ともつきあいはなかった。

第三中学校から開城高校へ進学したのは自分ひとりだ。開城高校は横浜にあるため、毎朝家を早く出る生活になった。そのため、中学時代の同級生に出くわすことが滅多になくなり、そのまま疎遠になっていった。

そのうえ、個人情報保護法のせいで、名簿には住所も電話番号も載っていない。

どうしよう。

気持ちばかり焦る。

そのとき、ふとコンビニの袋が目に入った。

あっ、そうだ！

峰千鶴は中学のとき陸上部だった。沢田もだ。ということは、千鶴に聞けばなにかわかるかもしれない。アルバムを閉じ、急いで立ち上がった。

千鶴とこれ以上かかわると、自分が無職だということがばれてしまうのでは？　彼女は無職の男を軽蔑するに決まっている。

今そんなことを気にしてる場合か？

今この瞬間、沢田はどこでなにをしてる？　生きてるのか？

急いで机の引出しを開け、名刺を捜した。

「あった！」

時計を見ると、午前二時だった。こんな時間に電話したらなんて思われるだろう。でも沢田が心配だ。

アパートの一室で今まさに首を吊ろうとしている。そんな映像が頭に浮かんでは消える。

非常識なのは百も承知だ。

思いきって千鶴に電話をかけてみた。

呼び出し音が鳴り続ける。

――もしもし、リフォーム・ミネですけど……。

眠そうな千鶴の声が聞こえてきた。

「こんな時間にすみません」

――えーと、どちら様ですか？

「宝田です」

――宝田くん？　どうしたの？

一気に目が覚めたといった感じの明るい声に変わったので、ほっとする。

「いきなりだけど、陸上部だった沢田のこと覚えてる？」

――もちろんよ。高校のときも同じクラスだったもん。つい最近も駅で見かけたし。

「えっ、ほんと？」

それなら話が早い。

――沢田くんがどうかしたの？

ブログから読み取れる沢田の状況について手短に話す。

「今日の分に『助けてくれ』って書かれてるんだ」

——それで慌てて電話をかけてきたってわけね。ちょっと待って。今、パソコン立ち上げるから。先月だったかなあ、沢田くんを駅で見かけたとき、声かけたんだけどさ、心ここにあらずっていうのか、それともすんごく疲れてたのかな。とにかくぼうっとしてたよ。あっそうそう、ずいぶん痩せてててびっくりしたんだった。

「さっき、やつの家に行ってみたんだけど、表札が〈沢田〉じゃなくなってたんだ」

——家って？

「ほら、環八《かんぱち》の向こうに病院と教会があって、その先の団地」

——まあ、落ち着きなよ。そこはずいぶん前に引越したはずだよ。宝田くん、あなた中学時代あんなに仲良しだったのに、沢田くんが引越したのも知らなかったの？

「実は、中学卒業間際に喧嘩しちゃって、それっきりなんだ」

——ってことは、十五年も会ってないってこと？

「うん、そういうこと」

——やっぱり宝田くんて優しいね。

「優しい？　俺が？」

自分は、友だちの成功を素直に喜べないような小さな人間なのだ。

「俺のこと買いかぶってるよ」

――だって、『助けてくれ』という一行を読んだだけで、夜中に探し回ってくれる人なんて、普通、いる？　沢田くんが羨ましいよ。例えば私が突然いなくなっても、そこまで心配してくれる友だちなんていないと思う。せいぜい電話くれるくらいだよ。

「だって俺は沢田の携帯番号なんて知らないし」

――そうじゃないってば。そもそも住所も電話番号も知らないくらいつきあいのない人を普通は探し回ったりしないんだってば。それもこんな夜中にだよ。そこまで心配してくれるのは身内くらいだよ。やっぱり宝田くんて私が思ってた通りの人だった。一見クールだけど、本当はすごくあったかい人なの。

「いや、それは……どうかな」

――あっ、あった。沢田くんのブログ見つけた。ねえ、もしかして宝田くんは、沢田くんのお父さんが借金払えずに蒸発したこととかも知らないの？

「蒸発？　初耳だよ」

千鶴の話によると、中学を卒業する直前に沢田の両親は離婚し、母親が家を出て行ったらしい。そして高校を卒業するころ、父親はサラ金の取り立てから逃げて行方不明になったという。そのせいで、沢田は優秀だったのに大学へも行かず、かといって就職難の折、正社員の口もなくフリーターになったらしい。

——それで、今はM電機に正社員として採用されているわけね。で、そのあとは……。

千鶴は、ブログに素早く目を通しているようだ。

——M電機って、きっとあの安売りで有名な未来電機のことだね。テレビ売場の主任になったって書いてある。だったらその売場に行ってみるしかないんじゃない？　私、明日の午前中なら店を社員に任せて抜け出せるから、よかったらつきあうよ。

「明日か」

明日で大丈夫なのだろうか。ブログには「助けてくれ」と書かれている。

今ごろ、沢田はアパートの一室で……。想像すると落ち着かなかった。

——朝まで待つしかないよ。そうでしょう？

「でも」

——何日か前に沢田くんを駅で見かけたから、近所に住んでる可能性は高いと思う。だけど現実問題として、こんな夜中に片っ端から家を訪ね歩くわけにもいかないでしょ。

「だけど」

——下手したら警察呼ばれちゃうよ。

「……そうだね」

――ところで宝田くん、明日は平日だけど仕事は大丈夫？

「実は俺、働いてないんだ。仕事を探してるところ」

――そんな気がしたよ。じゃあ朝九時半に駅の改札でね。


開店したばかりの未来電機池袋店は、大勢の客でごった返していた。前を歩く千鶴がいきなり立ち止まったので、ぶつかりそうになった。

「あそこにいるよ」

「どこ？　どれが沢田？」

千鶴の視線を追う。

「ほら、あそこ、右端」

「え？」

遠目にも胸板は薄く、ガリガリに痩せていた。それなのに、顔だけが真ん丸だった。ひどくむくんでいる。中学時代の沢田は、かわいい顔をしていたから下級生の女子に人気があった。そんな過去が信じられないほどの変わりようだった。

でも、生きていた。

よかった。

千鶴がつかつかと沢田に歩み寄った。

「ちょっとすみません」

振り向いた沢田の目はうつろだった。

「沢田くん、今日は仕事、何時に終わるの？」

その声で、沢田は初めて千鶴の顔を見た。

「あっ」

沢田は目を見開き、千鶴と正樹を交互に見る。

「仕事が終わったら、お茶でも飲まない？」

千鶴はテレビを指差しながら小声で尋ねた。回りから客だと見えるよう配慮したのだろう。客が次から次へと目玉商品を目当てに押し寄せる中、店員が顔見知りと無駄話をして怠けていると思われると、沢田に迷惑をかける。

「たぶん、終わるのは二時くらい」

沢田が消え入りそうな声で答えた。

「ずいぶん早いね。今日は早番なの？　じゃあそのあと、どう？」

「いや、昼の二時じゃなくて、夜中の二時」

「沢田、おまえ毎日そんな夜中まで残業してんのか？」

千鶴にならって、商品を指差しながら尋ねた。

「うん、忙しいからね」

次の瞬間、沢田の目から大粒の涙がいく筋もこぼれ落ちた。

でも、泣き顔ではなかった。無表情なのに涙だけがこぼれ落ちてくる。その異様さに驚いて思わず千鶴を見ると、彼女も息を呑んで沢田の顔を見つめていた。

「ごめん」

そう言って沢田が立ち去ろうとする。

次の瞬間、千鶴は素早く沢田の腕をつかみ、沢田の住むアパート名を聞き出した。

第四章　能天気な男ども

沢田のアパートは、六畳一間に小さなキッチンとユニットバスがついていた。

水曜日が休みだと言うので、千鶴と二人で押しかけたのだった。来る途中、コンビニで酒とつまみを買い、千鶴は自宅で煮たというおでんを鍋ごと持ってきた。

「未来電機がそんなに悪質な企業だなんて、私知らなかったよ」

聞けば聞くほど酷い話だった。正社員とは名ばかりで、時給に換算してみると、給料は恐ろしく安い。そのうえ、年俸制という名のもとに残業代もつかないという。

千鶴は口の重い沢田から、辛抱強く一日のスケジュールを聞き出した。それによると、朝は八時半に出勤し、九時からの会議では、前日の売上げを部門ごとに報告する。売上げ目標に達しない部門へは店長から叱咤《しった》が飛ぶらしい。沢田は多くを語ろうとしないが、これがたいそう屈辱的であることが表情から読み取れた。

その会議が終わると、すぐに開店準備に取りかかる。十時になると、開店を待ちわびた客が雪崩《なだ》れ込むようにして入って来る。八階建ての大店舗は、売場面積を誇っているのに、従業員が絶対的に不足しているらしい。そんな中、従業員は客の対応に駆けずり回る。昼食の休憩さえ満足に取れないまま広いフロアを走り回って働き続け、夜の九時にやっと閉店を迎える。そこから一日の売上げを集計し、翌朝の会議での報告資料を作成したり、他店の価格やサービスと比較し、新聞の折り込みチラシを作ったり、商品のレイアウトを変えたり品出しをしたりする。さらに、盗難の恐れのある小型の商品については、毎日棚卸《たなおろ》しをして盗難の有無を確認しなくてはならない。退社は夜中の一時過ぎになるという。一日のうち、休憩は昼の四十分だけだ。夕方にも十五分の休憩があるが、コーヒーを飲むのがせいぜいで食事はできない。

「信じられない。人間扱いされてない」

千鶴が怒る。「つまり沢田くんは、朝八時半から夜中の一時過ぎまでほとんど立ちっぱなしで、こまねずみのように働かされてるってわけね」

帰宅後は夕食をとって風呂に入ったり洗濯をしたりすれば、あっという間に三時を回ってしまう。睡眠時間は短い。

「ちょっとなによそれ。眠る時間がないじゃないの」

そう言いながら千鶴が部屋の一点を見つめて黙り込んだので、釣られて視線の先を追うと、万年床の枕元に目覚し時計が六つも置かれていた。

胸を衝《つ》かれた。

「沢田くん、過労死は時間の問題よ」

「先月はふたり死んだ」

沢田が表情も変えずに言う。

「ねえ沢田くん、ちゃんと聞いて。このままだと本当に死ぬよ。会社を辞めた方がいいよ」

「辞めるなんて考えられないよ。だって俺、正社員になったの生まれて初めてなんだ。奇跡だよ。こんなチャンス二度とないよ。それを手放すなんてあり得ない」

「なに言ってんのよ。殺人的な長時間労働の割に信じらんないほどの安月給。どう考えたってアルバイトの方がずっとマシだよ」

「正社員だったら将来も安定してるし……」

「あのね沢田くん、過労死したら将来なんてないの」

正樹は二人の会話を聞いているうち、社会に対する怒りが沸々と湧き上がってきた。

「沢田くん、そんな会社、一日も早く辞めるべきよ」

「辞めたらこの先、俺はどうやって食っていくんだ？」

覇気のない声で他人ごとのように尋ね、ぼんやりと千鶴を見る。「ああそうか、どうやって食っていくもなにも、過労死したらもう食わなくてもいいんだった」

冗談で言ってるのか本気なのか、沢田は無表情のまま言った。

「沢田、とにかく辞めた方がいいよ。おまえ、なんだか変だよ。それに、辞めたあとの生活は、辞めてから考えればいいじゃないか。なんとかなるもんさ」

そう言うと、沢田の顔に初めて感情らしきものが表われた。その口の歪み方は、悲しみとも嘲笑とも受け取れた。

「そりゃあ宝田家のお坊ちゃんは働かなくてもなんとかなってんだろうさ。だけど俺には頼る親も兄弟もいないんだぜ」

「だけど沢田、このままじゃおまえ……」

「宝田、俺にホームレスになれって言うのかよ」

沢田が吐き捨てるように言った。

返答に困っていると、

「ホームレスの方が上等よ」

千鶴がぴしゃりと言い返した。「だって少なくともホームレスは過労死しないもん」

「確かにそうだ」

そう言って、沢田はうっすらと笑った。「でも俺、裏切れないんだ」

つぶやくように続ける。「だって俺が辞めたら、その分、同僚に皺寄せがいくから」

「人のこと思いやってる場合じゃないでしょう」

「みんな本音では辞めたいと思ってるんだよ。だけど仲間に迷惑をかけると思うと辞められないんだ」

「沢田くん、それって変な新興宗教よりタチ悪くない？」

「そう言われりゃそうだな」

「なんとかして職場環境を改善できないの？　まるで奴隷みたいじゃない」

「無理だよ。だって未来電機には労働組合もないんだし」

「じゃあ、これからも勤め続けるつもりなの？」

「つもりもなにも、辞められないんだってば」

「頑固《がんこ》だね」

千鶴は大きなため息をつきながら、沢田の皿に、湯気の立ったおいしそうな大根を取り分けてやった。しかし、沢田は手をつけようともしない。

「さっきから俺ばっかり食べてる。沢田も食べろよ。すごくおいしいよ」

「あら、嬉しい」

千鶴がはにかんだように笑う。

「これ、峰さんが作ったの？」

「もちろん。うちは母が亡くなってるし、父は入院してるしで、今はひとり暮らしなの。だから大きな鍋で作ると三日間ずっとおでん。さすがに三日目にはうんざりするけど、自分で作ればすごく安上がりなのよ。それに、一回作っておけば、あとの二日は料理しなくていいから時間が有効に使えるの」

　時間を有効に使う……。

　千鶴の言葉が胸に刺さった。そういう感覚を長い間忘れていた。有効に使うどころか、早く一日が過ぎ去ってくれることばかりを望んでいる。

「沢田くんには自炊する時間なんてないんでしょうね」

「ない。睡眠時間を少しでも多く確保することで精いっぱい。でもね、本当は俺、料理好きなんだ。未来電機に勤める前は自炊もしたし、クッキーなんかも焼いたりしたんだけどね」

　そう言いながら、少し照れたように笑った。そして、大根を箸で小さくちぎり、ひと口食べた。少しずつ沢田の心がほぐれてきたように見えた。

「実際問題、辞めたらマジで困る」

「お金、ないの？」と千鶴。

「来月の家賃はなんとか払えそうだけど、再来月はやばい」

「ここは古いし狭いけど……」

　千鶴が遠慮なく部屋を見渡す。「駅から近いから七万じゃきかないわね」

「八万二千円だよ」

「そっか。やっぱ結構するのね」

「でも、電気代やガス代はあんまりかかってないよ。なんせ家にいる時間が短いからね」

「喜べないね、そんなの」

二人の会話を黙って聞いているしかなかった。自分は家賃の相場も知らないし、光熱費がどれくらいするものなのか見当もつかない。

家賃も光熱費も気にせず暮らしている俺って……。

こんなこと二人に知られたら、思いきり軽蔑されそうだ。

沢田と千鶴が大人に見えてくる。もうすぐ三十歳だから、〈大人〉もなにもないもんだけど、自分は思っていた以上に世間知らずの恥ずかしい大人になってしまっているのかもしれない。まさに、学生時代から絶対にああはなりたくないと思ってきた〈大人〉像に。

「そもそも企業のモラルが地に落ちてるのよ」

千鶴が憤懣《ふんまん》やるかたないといった調子で言ったとき、やっと自分も会話に参加できると思った。そういった社会構造の話なら得意だ。

「同感だよ。まったく腹が立つ。未来電機は膨大な利益をあげてるらしいぜ。企業が格差社会を助長してるんだよ」

そう言ったとき、沢田がふふっと笑った。

「格差社会なんて今に始まったことじゃないよ。ずっと昔からさ。俺んちはそもそも親がダメなんだ。いや、たぶん先祖代々ずっと貧乏だよ。宝田の家とは違う。同級生とはいっても、家庭環境には雲泥の差があるよ。たとえて言うなら俺は雑草で宝田は温室の花さ」

格差社会……。知識としてその言葉を知っているだけで、実感したことすらなかった。

幼いころから日々実感しながら生きてきた人間が目の前にいる。

――世の中のこと、なんにも知らないのかもよ。

「雑草は温室が羨ましいから無意識のうちに温室の暮らしを横目で観察してる。でもさ、温室の花は雑草の生活には関心がないんだ。宝田、おまえもそうだったよ」

「あ」

中学卒業間際のことを、今さら謝ってもいいものだろうか。

「だけど宝田、ありがとうな」

「なんのこと？」

「夜中に探し回ってくれたんだってな。正直言って嬉しかったよ。こんな俺のことを心配してくれる人間が、まだこの世の中にいたんだって思うと」

沢田が言葉を詰まらせた。それが照れくさかったのか、ごまかすように盛大に咳をした。

「ねえ、なんとかしようよ」と千鶴が言う。

「だから無理なんだってば。未来電機には労組さえ……」

「沢田くん、そんなちまちましたこと言ってたらラチ明かないよ。若者同盟を作りましょう。このままじゃ七十歳死亡法が施行されたって、日本はちっともよくならないよ、今こそ立ち上がるの！」

いきなり飛躍したので、沢田も自分も呆気にとられて千鶴を見た。

この日は結局、沢田はそう簡単には説得に応じなかった。

沢田のアパートからの帰り道、これからも説得を続けていこうと千鶴と約束して別れたのだった。


正樹は空腹で何度も時計を見た。

夕飯の時間はとっくに過ぎているというのに、母が夕飯を二階に届けに来ないのだ。こんなことは初めてだった。

どこか買い物にでも行って遅くなっているのか、それとも祖母に用事を言いつけられて階下で右往左往しているのか。

冬になると、母は鍋物を二階に運んできてくれることが多くなる。自分が引きこもってから、母はひとり用の土鍋や小ぶりの南部鉄のすき焼き鍋を買い揃えてくれた。今夜あたり、〈ひとりすき焼き〉かもしれない。湯気の立っているところを想像すると、自然と顔がほころぶ。

それにしても、まだかよ、〈ひとりすき焼き〉は。

音をさせないようにドアを開け、忍び足で廊下を進み、階段下をのぞき込んでみる。さっきから何度かこうやって一階の様子を探っているのだが、相変わらず静まり返っている。誰もいないように思えるが、少なくともおばあちゃんはいるはずだ。眠っているのだろうか。

親父は七十歳死亡法がきっかけで早期退職し、世界一周旅行に出かけた。気楽なものだ。中高年がそんなだから日本は腐るんだ。なにかというと「今どきの若者は」なんて言うけど、自分たちはどうなんだと言ってやりたい。

あれ？　そういえば今日はおばあちゃんのブザーが一度も鳴っていないのでは？　母を呼ぶ大声も聞いていない気がする。どうしたんだろう。

まっ、そんなこと俺には関係ないけど。

メロンパンの買い置きもあったのだった。冷蔵庫にはチーズケーキとビーフジャーキーとアイスクリームも入っている。

それらを次々に食べていくうち、夕飯のことはどうでもよくなってきた。

テレビを観たり、ネットを検索したりしていると、時間はあっという間に過ぎる。気づくと日付が変わっていた。

最近の深夜番組はつまらないものばかりだ。視聴者を甘く見ているとしか思えない。次々にチャンネルを替えてみても、観るに値するものはひとつもない。とはいえ、消してしまうと部屋の中に静寂が訪れるのがわかっているから、消すこともできない。

「さあて、風呂にでも入るか」

言いながら立ち上がる。

廊下に一歩出ると、寒さに身体が震えた。こういうとき、自分はもう若くないとしみじみ思う。まだぎりぎり二十代ではあるが、湯船に浸かってゆっくり温まりたいなんて、十代のときには思わなかった。

階段を降りてキッチンの横を通り過ぎようとして、ふと立ち止まった。いつもならなにかしら匂いがするはず。醬油や味噌汁やネギやご飯の。だけど、今日はなんの匂いもしない。

キッチンへ入って電気を点けてみた。整然と片づいている。五年ほど前にリフォームしたが、母がきれい好きだからか、システムキッチンはいまだに新品同様に輝いている。

いや、そうじゃない。きれい好きとかそういうことじゃなくて……なにかが違う。

じっくりとキッチンを見渡してみる。

流しには水滴ひとつついていない。もしかして何日も前から使っていないのでは？　ここのところ、自分の夕飯がコンビニ弁当か店屋物であることを思えば不思議じゃないが。

脱衣所で服を脱いで浴室に入ると、空気がひんやりとしていた。ここにも水滴ひとつなく、今夜は誰ひとりとして入浴していないのが一目瞭然だった。おばあちゃんは風呂には入れないから、母に毎日身体を拭いてもらっている。他人の前で素っ裸になるくらいなら死んだ方がマシだと言って、入浴介護のサービスは拒否しているらしい。

でも、母は？　珍しく風呂にも入らずに眠ってしまったのだろうか。

熱いシャワーが心地好《よ》かった。しかし浴びれば浴びるほど、身体が冷え切っているのを一層感じて、一刻も早く湯船に浸かりたくなってくる。リフォームしたとき、父の希望で浴室を広げたから、ちょっとやそっとのシャワーの湯気では浴室内は温まらなくなった。

急いでシャンプーを済ませ、素早く身体を洗う。

風呂の蓋《ふた》を取り、片足をざぶんと浸けた。

「ひゃあ」

思わず悲鳴を上げていた。

冷たい水だった。

なんだよ。沸かしてないのかよ。

震えながらコックをひねり、もう一度熱いシャワーを浴びる。シャワーだとなかなか身体の芯までは温まらない。でも、このまま出るのも寒い。そう思い、ぐずぐずとシャワーを浴びていると、どこからともなく声が聞こえてきた。最初は気のせいかと思ったが、何度目かでシャワーを止めた。

「と、よ、こ、さーん」

おばあちゃんの声だった。声に合わせてブザーも鳴らしている。

いつものことだ。特に夜中は静かだから、二階の自分の部屋にも聞こえてくる。おばあちゃんの鋭い声で目が覚めることもある。

バスタオルで身体を拭いていると、いつの間にかおばあちゃんの声が止《や》んでいた。きっと母がかけつけたのだろう。

寒さに震えながらジャージの上下を着る。

「東洋子！　早く来い！」

今度はもっと鋭い声が響いてきた。しかも、母を呼び捨てにしている。もしかしてボケが始まっているのだろうか。

浴室を出てキッチンに飲み物を取りに行こうと廊下を行きかけると、「東洋子！」と金切り声が聞こえてきた。

母はどうしたのだ。眠っているのだろうか。

二階に上がり、両親の部屋をノックしてみた。返事がない。

「母さん、おばあちゃんが呼んでるよ」

ドアを開けると、部屋の中は真っ暗だった。

壁際のスイッチを押すと、電気が瞬《まばた》きしてから点いた。母はいなかった。キッチンと同じで完璧なほど整理整頓されている。壁の時計を見上げると、午前一時半を指していた。

納戸に通じる引き戸も開けてみた。納戸に入るのなんてものすごく久しぶりだ。すっきりし過ぎているような気がする。以前は荷物でいっぱいだったはずだ。

ふいにいやな予感がして目の前にあるタンスの引出しを開けてみた。

「えっ？」

なにも入っていなかった。

急いで二段目も開けてみる。

「なんで？」

空っぽだった。

次々に開けていくと、やっと五段目になってぎっしり詰め込まれた衣類が現われた。だけど、父とおばあちゃんの物ばかりだった。母の洋服やバッグがなくなっている。

「とよこぉー」

声が嗄《か》れてきた。まるで犬の遠吠えみたいだ。

階段を駆け下り、おばあちゃんの部屋へ急ぐ。

ドアを開けると、おばあちゃんはベッドに横たわったまま、こちらを睨みつけていた。

おばあちゃんの姿を見るのは久しぶりだった。別人かと思うくらい太っている。

「あら正樹じゃないの」

おばあちゃんは、いきなり笑みを浮かべた。ベッドの上の可動式テーブルには食べ残したコンビニ弁当や、緑茶のペットボトルが放置されている。おばあちゃんとコンビニ弁当というのも異色な組み合わせだが、お茶にうるさい年寄りにペットボトルというのは、さらに不似合いだった。

「久しぶりねえ。元気そうじゃないの、正樹」

あまり嬉しくない言葉だ。

「いたのならどうしてすぐに来てくれないのよ。何度も呼んだのに」

「だって毎晩のことだろ。いつでも緊急事態みたいな大声だし」

「いやなこと言うわね。そんなに大きな声出してませんよ」

「近所中に聞こえてると思うよ」

「えっ、本当？」

　余計なことを言ったようだ。おばあちゃんは傷ついたような顔をした。

「それより東洋子さんはどうしたのよ」

「家の中にはいないみたいだよ。家出したとか？」

「まさか、あの人には行くところがないもの。そもそも稼ぎもない、どうやって食べていくのよ。二階で眠りこけてるんじゃないの？」

「だから二階にはいないんだってば。おばあちゃんが最後にお母さんを見たのはいつ？」

「お昼を持ってきてくれたのが最後よ。コンビニのお弁当なんてまずくて食べられないって言ったら、むっとした顔して黙るのよ。ああいう東洋子さんを見るのは初めてだったわ」

「おばあちゃん、今日の日中は珍しく一回もブザーを鳴らしてないんじゃない？」

「そうよ。死んだふりをしたら東洋子さんがどう出るか試してたのよ。心配して見に来てくれるかと思ったら、夕飯さえ運んで来ないんだもの。呆れてものが言えない」

　語気は荒いが、視線がきょろきょろと落ち着かなくて不安そうだった。

「夕飯もまだだったんなら、腹減っただろ。もう夜中だけどパンでも買ってこようか？」

「その前に……」

「その前に？」

「ううん、やっぱりいいわ」

「なんだよ、おばあちゃん、はっきり言いなよ」

「言いにくいんだけど……オムツを替えてくれないかしら」

「え、俺が？」

「私だって男の子に替えてもらうのはいやよ。だけどもう気持ちが悪くて限界なのよ」

「そんなこと言われても……」

「早くしてよ。濡れたオムツをしたままの惨めさが若い人にわかってたまるものですか。新しいオムツはあそこにあるの」

言いながら部屋の隅を指差す。「ほら、早くしなさいよ」

おばあちゃんの声がだんだんと怒気を帯びてくる。見ると、くやしそうに唇を嚙んでいた。

「正樹、早くしなさい！」

昔のおばあちゃんではなかった。目の中に入れても痛くないほど孫の自分をかわいがってくれた、かつての包み込んでくれるような優しい雰囲気はまるでない。

「わかったよ、おばあちゃん」

布団をめくってオムツを外すと、ものすごい臭気が立ち昇ってきた。オムツパッドはどっしりと重い。

おばあちゃんは、枕元から大判のウェットティッシュを一枚引き抜くと、自分で股の周りを素早く拭いた。

オムツパッドを新しいのに替えてあげると、おばあちゃんは打って変わって穏やかな表情になった。

「正樹、健康っていうのはね、なくして初めてそのありがたさがわかるもんなのよ」

よく聞く言葉だが、実はピンと来ない。

「正樹はいつも家にいるの？」

「まあね。おばあちゃんと同じだね」

「同じなんかじゃないわよ。正樹は外へ出ようと思えば出られるじゃないの。私みたいに体が言うこと聞かなくて仕方なく家にいる人間とでは大違いよ。想像してごらんなさいよ。ベッドで寝たきりになった自分を」

トイレにさえ行けずに、人に頼んでオムツを取り替えてもらう俺。

「なるほど……」

プライドなんて粉々だ。

オムツを替えてもらうたびに、懇願し、謝り、ありがとうを言ったとしたら、もっと惨めになる気がした。

だからおばあちゃんは居丈高に振る舞うのか。

＊

今日の昼間は植木屋が来て、特別養護老人ホームの庭木を剪定《せんてい》していった。明日も来るかなのか、伐採《ばっさい》した枝葉は庭に放置されたままだ。

宝田桃佳は黄昏《たそがれ》どきに庭に出て、赤い実をたくさんつけた南天《なんてん》の枝を何本か拾った。

あれから福田亮一とは、廊下ですれ違ったりするときに立ち話をするようになった。それによると、彼は自分より四歳年上の三十四歳で、荒川区のアパートでひとり暮らしをしているらしい。

その日も仕事が終わったあと、一号棟にある亮一の祖母の部屋を覗いてみると、思った通り亮一がいた。

「これ、置いてもいいでしょうか？」

小さな花瓶に挿した南天を差し出す。

「きれいだね」

亮一は受け取ると、窓辺に置いてくれた。亮一の祖母の表情が心なしか柔和になったように見えた。

帰りに職員通用口のところで靴を履き替えていると、「宝田さん」と後ろの方で声がした。振り向くと、亮一が立っていた。

「帰りにお茶でも飲んでいかない？」

思わず頬が緩む。

「はい、是非」

すぐに返事をした。嬉しかった。そう、満面の笑みで返事をしたのだ。

若いころは、好きだからこそ依怙地《いこじ》になってしまったり、意識しすぎてぎこちなくなった。強い期待があったからだ。相手にも自分と同じ気持ちになってもらいたいと。

でも、もう若くはない。自然体でいようと思う。普通でいられればと思う。

――一方通行でもいいのだから。

そう思えば、楽な気分でいられる。

駅前のカフェに入った。スーツ姿のサラリーマンや女子高生たちで混み合っていたが、奥の方に落ち着ける席を見つけて座った。

「この仕事、少しは慣れた？」

「まだまだです」

「そのうち慣れるよ」

「はい、頑張ります」

沈黙が流れた。

亮一は話題を探すかのように店内を見渡し始めた。

自分なんかが相手じゃ楽しくないのかも。

——めげるな、私。

「見てもらいたいものがあるんです」

そう言って、桃佳はバッグの中から紙を一枚取り出した。「これ、雑誌で見つけた投書なんですけど、福田さんはどう思われます？」

亮一は紙を受け取ると、コーヒー片手に読み出した。

——ここのところ、七十歳死亡法のことが世間を賑わせている。私は七十五歳だから、二年後に死ななければならない。冗談じゃない。高度成長を支えてきた人間を軽視するにもほどがある。そして、私の父に至っては、九十五歳でまだ矍鑠としており、戦争に行った人間でもある。国のために苦労してきた人間をなぜこれほど簡単に切り捨てることができるのか、理解に苦しむ。馬飼野総理は就任以来、次々と有意義な政策を実行してきた。この人なら日本の将来を任せられると安心していたのに、とんだ食わせ者だった。長年の友人であるイギリス紳士は、日本政府の浅慮《せんりょ》を嘲笑《あざわら》った。世界中に日本の恥を晒《さら》したのである。いい加減にしてもらいたい。怒りで手が震えたせいで、へたくそな字になってしまった――

うつむき加減で投書を読む亮一を見る。真剣な表情が素敵だった。

「七反同盟の組織がどんどん大きくなってるらしいね。署名もかなり集まってるって聞くよ。そういう動きに政府が影響されなきゃいいけどね。なんといっても国会議員は票集めに必死だから、あの法律もこの先どうなるかわからないね」

亮一も興味のある話題だったようなのでほっとした。

二人の話題は、こういう堅《かた》いものがいい。亮一の考え方や人となりを知ることもできるし、なんといっても長い時間一緒にいられる。それに、意見を交換するのが楽しいと思ってもらえれば、今後もたびたび誘ってもらえるかもしれない。

「あの法律が施行前に廃止されるなんてことがあるんでしょうか」

「あり得るんじゃないかな。反対運動の盛り上がりを政府は無視できなくなってるらしいよ。それに、廃止するなら施行前じゃないとまずいだろ。施行後数年経ってからとなると、あまりに不公平だもんな。宝田さんはあの法律に反対なの？」

「いいえ、私は賛成です」

自分の祖母も亮一の祖母も長生きだ。だけど、そのせいで母は自分の生活を犠牲にしているし、亮一の祖母は生きていること自体がかわいそうでならない。

それに……。

この法律が制定される前までは、老後が不安だった。まだ三十代になったばかりだが、これまでの経験から、男性にモテるタイプでないことはいやというほどわかっている。たぶん一生独身だろう。夫も子供もいないまま百歳まで長生きしてしまった場合、どうすればいいのか。いったいどれくらいのお金を貯めておけば安心といえるのか。いくらあっても預金は底をつくだろう。そうなったら年金だけが頼りだが、年金はどれくらいもらえるの？　それよりも、足腰が立たなくなったらどうする？　老人ホームがいっぱいで入れなかったら？

考えれば考えるほど暗い気持ちになり、夜も眠れない時期もあったのだが、七十歳死亡法が制定されてからは、そういった心配から一気に解放された。

「福田さんも、法律には賛成なんですよね」

「まあ賛成といえば賛成かな」

あいまいな言い方が意外だった。「おばあちゃんを安楽死させてあげたいのはやまやまなんだ。だけど、そうなると俺は天涯孤独になる。やっぱり寂しいよ。三十過ぎた男が言うことじゃないかもしれないけど」

「あ、そういえば福田さん、恋人は？」

今思いついた、というふうに尋ねてみた。

本当は知るのが恐い。ホームで働く楽しみを自ら奪ってしまうようなものだ。でも、ある日突然、「実は来月結婚するんだ」などと聞かされるよりはマシかな。あきらめるなら少しずつ段階を踏んだ方が精神的には楽だから。

「振られたばかり」

そう言って、亮一は寂しげに笑った。その表情から、まだ傷が癒《い》えてないのがありありとわかった。

「振ったんじゃなくて、振られたんですか？」

「そうだよ」

「どうして振られたんですか？」

「宝田さんて、見かけに寄らず聞きにくいこと聞いてくれるね。人の生傷《なまきず》に塩を擦り込むのが趣味とか？」

そう言いながら苦笑いする。

「だって福田さんみたいな素敵な男性を振るなんて、どんな女の人だろうって不思議で」

その女の人は、亮一が働く姿を見たことがないのではないか。「骨身を惜しまず」というのは、亮一のような働き方を言うのだと思う。二十代の男性職員たちからも、尊敬され慕われているのが日常的に見てとれる。桃佳も、亮一を見ていて自分の至らなさに気づくことが何度もあった。

「ありがとう。そんなこと言ってくれるの、宝田さんだけだよ」

「そんなことありませんよ。主任の久子さんだって、いつも福田さんのこと褒めてます」

久子さんは五十代だから慰めにはならないかもしれないと思いつつ続ける。「それにおばあちゃんたちにもすごく人気あるし」

「それって、喜んでいいのか？」

そう言いながら、白い歯を見せてさわやかに笑う。

「でも、女の人って」

亮一は言いかけて突然暗い表情になり、口をつぐんだ。

「なんですか？　女の人って？」

続きが聞きたかった。

「うん……女の人って、しっかりしてるよね」

「と言うと？」

「しっかりしてるというより、しっかりしすぎてるって言った方がいいかな」

なにが言いたいのだろう。桃佳は黙ってコーヒーを飲み、次の言葉が出てくるのを待った。

「純粋なところが好きだったんだけどね」

途端に嫉妬心がむくむくと湧き上がってきた。

男の人の言うところの〈純粋な女の人〉ってどういう人？

男の人というのは、女の演技を見破れない生き物だ。

福田さん、あなたもですか。

もうすでに、自分は亮一の恋人だった女性を嫌っている。会ったこともないのに。

成長しないなあ。

「彼女、すごくかわいい人でね」

「へえ、そうなんですか」

「あっ、いや外見のことじゃなくて、中身がね」

今の慌てた言い方が表わすもの——本当は顔もかなりかわいい。だけど、美しくない女性の前でそれを言うのは酷である——そんな気遣いまでされてしまう私って本当にかわいそう。

生まれてこの方、母親以外の人に「かわいい」と言われたことがない。

そんなこと、もうどうでもいいけど。

自分は自分。

無理せずいつも自然体でいよう。

こんな程度でめげてたら、この世の中生きていけないぞ。

笑え！　自分。

「しっかりしすぎてるというのは、どういう意味ですか？」

「もう三年もつきあってたから、当然結婚するもんだとこっちは思ってたんだ。向こうも同じ気持ちだろうと勝手に思ってた。だから彼女の誕生日にプロポーズしたんだけどね」

プロポーズしたのに断られたということらしい。

昨日や今日知り合ったわけじゃないから、気心も知れていたはずだ。プロポーズしたら、待ってましたとばかりに即答でオーケーしてくれると思っていたということかな。なんせ〈純粋でかわいい女性〉なんだから、断ったりするはずがない。断る理由もない。

なのに、なぜ？

「結婚するとなれば、女の人って男の将来性や経済力を値踏みするんだね」

「あ」そういうこと。

「宝田さんも、やっぱりそう？」

「私？　私は違いますよ。私はそういう女の人とは全然違います。私は好きな人と結婚できればそれでいいんです。給料が少ない人だってかまいません。本当に全然かまわないんです。だって給料が足らなければ私が働けばいいんですから」

気づくと早口でまくしたてていた。声も大きかったみたいで、周りの客がこっちを見ている。

恥ずかしい。

亮一はいつの間にか頬杖をつき、優しそうな笑顔でこっちをじっと見つめていた。

「ごめんなさい」

顔が真っ赤になっているのが鏡を見なくてもわかった。

穴があったら入りたい。

特別養護老人ホームから電車で三十分。ワンルームマンションの一室が桃佳の城である。

帰宅すると、冷蔵庫から密閉容器を取り出した。今朝出がけに、豚もも肉に生姜《しようが》汁と酒と醬油を揉み込んでおいたものだ。それを強火で炒めたあと、ピーマンとキャベツのザク切りをフライパンに放り込む。

給料は安いし、預金も雀《すずめ》の涙だから無駄遣いはできない。食材は必ず使い切ることにしている。

それにしても、今日の私ときたら……。

亮一はこっちの気持ちに気づいてしまっただろうか。

気づかれたくない。

いや、気づいてほしい。

でも、どうせ振り向いてもらえないんだし、そもそも女として見られてない。

だから、やっぱり気づいてほしくない。

好きな男性ができても、遠くから眺めてるだけ。

いつかは誰かと……なあんて夢見てた時期もあったけど。

まあいいか。

遠くから見ているだけでも、ホームで働く数少ない楽しみのひとつには違いない。

テレビニュースを観ながら夕食を終えた。のんびりしていると入浴が億劫になるから、手早く食器を洗い、すぐに風呂に入る。入浴剤のＣＭに「くつろぎバスタイム」なんていうのがあるけど、そんな悠長なことは言ってられない。この時刻になると、今日一日分の体力の残りはあとわずかだ。さっさとシャンプーを済ませ、ゴシゴシと身体を洗う。入浴時間が長いと疲れがひどくなる。

髪を乾かしてソファに座ったときが、一日のうち最もほっとする時間だった。パソコンのメールをチェックしたあと、手のひらサイズの缶ビールを飲みながら、新聞のＷＥＢ版を読んだ。

最近の投書欄は、老若男女を問わず、七十歳死亡法に関するものばかりだ。

若者は賛成意見が多い。新聞社も公平を欠くまいとしてか、賛否両論を半々載せている。

——僕は大学四年ですが、まだ就職が決まりません。すでに五十社以上にエントリーシートを送りましたが、面接に漕ぎつけることすらできません。僕は七十歳死亡法に賛成です。安楽死が数種類の方法から選べると聞いて、年齢に関係なく安楽死できる法律に変えてもらいたいと思いました。生きていたっていいことなんかなにもないので、早く死ねるのならそれもいいと考えています。若者に比べて老人は恵まれすぎています。僕は映画館の向かいにあるカフェでアルバイトをしているのですが、平日の客の八割が老人です。早朝から大きな声で楽しそうにおしゃべりをしているのを見ると本当に腹が立ちます。なんの役にも立っていないのに、年金でめいっぱい第二の青春を楽しんでいるのです。もし就職できても、こんな老人たちのために年金を払いたくありません。自分たちの世代は元が取れるかどうかもわからないと聞きます。どうして今までこれほどの世代間格差を許してきたのでしょう——

亮一ならどう思うかな。

印刷してバッグに入れておこう。次回お茶に誘ってくれたとき、この前みたいに会話が続かなくて間が開いたら、これを出そう。

それに、彼が下を向いて熱心に投書を読んでいるときだけは、彼の顔をまじまじと見つめることができる。

なんだか私ストーカーみたい。

思わず苦笑が漏れる。

次の投書は、六十八歳の女性からだった。

――七十歳死亡法には大反対です。昨年の暮れに横暴な夫が癌で死んで、やっと自分の人生を取り戻せたところなんです。自由を謳歌するのは独身時代以来です。音大時代の仲間とコーラスグループを作り、老人施設や病院などで慰問演奏会を行っています。もう楽しくて仕方がありません。それなのに、七十歳で死ななければならないとしたら、あと二年しかないのです。若い人には想像もつかないかもしれませんが、つらくて苦しい生活を送ってきた女性はたくさんいます。人間は誰しも平等に歳を取ることを、若い人はわかっていないのではないでしょうか。どうか、こんな馬鹿げた法律は廃止するよう心からお願い致します――

結婚てなんなのだろう。

こういうのを読むたびに悲しくなる。

万が一、自分が亮一と結婚できたとして……いや、できるわけがない。

いや、だから万が一だってば。

現在の自分は、亮一と結婚できたら夢のようだと思っている。この投書の女性も、結婚前はそう思っていたのではないだろうか。ということは、亮一と結婚できたとしても、何十年後には「死んでくれて嬉しい」などと思う日が来るということ？　想像もできない。

　でも、母は？

　母は、父のことをどう思っているのだろう。

　もしかしたら、この投書の女性と似たようなものかもしれない。

　そういえば、実家の隣の前田家のおばさんときたら、ダンナさんがなくなってから、急に派手になって生き生きとしている。それに比べて母は外出もままならず……。

　母の暮らしを考えると気分が沈む。

　気持ちを振り切るように次の投書を読んだ。

　七十六歳の女性からだ。

　――先日、「田園調布七十歳同盟」ができたと知りました。それに倣《なら》い、私どもは「いきいき百歳同盟」を作りました。夫に先立たれた女性ばかり二十人。平均年齢は七十八歳。私たちはまだまだ国のために役立てる人間であることを証明し、七十歳死亡法を撤廃させてみせます。少子化で廃校になった小学校と中学校を利用し、保育園や老人施設を作り、ホームレスもそこに収容してさしあげようと計画しています。それにはNPOの法人格をなんとしてもいただきたいと思い、仲間とともに東奔西走しているところです。様々な階層の人々と交わることを娘は心配しており、なにかあったらどうするの、乱暴な振る舞いをされたらどうするのと引き止めますが、私はそんなことはものともしません。なにかあってもいいのです。暴力を振るわれてもかまいません。どうせ老い先短いのです。死んでもかまわないのです。私たちが不慮の事故で死んだところで、悲しむ親は生存しておりません。若い人には信じられないかもしれませんが、人間というのは、六十歳を過ぎてから大きく成長するのです。初めて人生を俯瞰《ふかん》することができ、なんのために生きるのかという若いころからの問いに対する答えをやっと見つけ、人間性を磨くことができるのです。それまで自分の家庭を守ることを第一義に考えるあまり、私利私欲に生きてしまうことの多かった生活も、ふと立ち止まり、来し方を振り返り、もっと広い目で人生を考えられるようになるのです。いわば、人生の醍醐味《だいごみ》とは六十歳を過ぎてからなのです。そういった経験則は必ず世のためになるはず。パソコンが使えないだとか、そういった小さなことで老人を馬鹿にする人が多い昨今ですが、自分たちの普遍的な知恵は必ずや若い世代に役立ち、また引き継いでもらう価値のあるものだと信じております――

これも印刷しておこう。

亮一は仕事熱心だし、老人の心身についても研究している。自分も彼を見習って勉強していこう。

つまり、亮一とは同志であり、気心の知れた仕事仲間。うん、それって前向きでいいかも。振られても研究成果は自分の身になって残るのだから。

——福祉について考える仲間。

亮一との関係は、そういうのがいいのでは？

我ながら図太くなっていると思う。女も三十過ぎれば、これくらいじゃなくっちゃ。〈純粋でかわいい〉とはほど遠いけどね。

次の投書は四十代の男性だ。

——日々忙しく会社勤めをしています。文句を言おうものならリストラされそうな雰囲気の中で、やむを得ず残業代のつかない長時間労働に耐えています。休日出勤も多く、子供たちと触れ合う時間もなく、自分は父親として失格だと思う日々でした。マスコミなどでイクメンと評される若い父親たちを恨めしく思う日々でもありました。しかし、自分だっていつかは、子供たちと触れ合える日が来る。そう信じて頑張ってきたのですが、この法律ができてから気づいたのです。「いつかは」などと夢見ている間に、子供たちは大きくなってしまうということに。もう少しで手遅れになるところでした。運良く、上司もそのことに気づいた様子で、毎日早く会社を退《ひ》けるようになったのです。自分もそれに乗じて、最近は夕食を家族と囲めるようになりました。七十歳死亡法は、本当にありがたい法律です——

そのとき携帯が鳴った。亮一かと胸を躍らせたが、珍しく正樹からだった。

「もしもし、どうしたの？　正樹が電話かけてくるなんて何年ぶり？」

「悪いんだけど姉貴、家に帰って来てくれないかな。お母さんがいなくなっちゃって、おばあちゃんの世話をする人がいないんだよ」

「お母さんがいなくなったってどういうこと？　警察には届けたの？」

「事件や事故に巻き込まれたとかそういうのじゃないんだ。自分の荷物を全部持ち出してるところをみると、たぶん家出だよ」

「家出？　お母さんが？」

自分が祖母の介護を手伝わなかったせいだ。母は疲れ果てて人生がいやになって、それで自暴自棄になって、まさか……。

「書き置きはないの？」

「どうだろう。まだ探してないけど」

「馬鹿！　早く探しなさいよ！　お母さんのこと心配じゃないの？」

「ともかく早く帰ってきてくれよ。おばあちゃんの世話する人、誰もいないんだよ」

「誰もいない？　正樹がいるじゃない」

「冗談やめてくれよ。今日なんか、おばあちゃんのオムツまで替えさせられたんだよ」

「だからなに？」

「あれ？　姉貴、どうしちゃったんだよ。だからさ、どうして俺が老人の世話なんかしなくちゃならないわけ？」

「じゃあ誰ならやって当然だって言うの？　私とか？」

「なにをそんなにツンケンしてんの？　俺の話、ちゃんと聞いてる？　緊急事態なんだよ」

「お父さんはどうしてんの？」

「早期退職して世界旅行だよ。知らなかった？」

「聞いてはいたけど、まさか本当に行くとはね。それで、お父さんはお母さんの家出のこと、どう言ってるの？」

「親父にはまだ知らせてないよ」

「どうして？　すぐ電話しなさいよ！」

「親父なんて帰ってきたってしょうがないじゃん。どうせなんにもできないんだから。それに、親父が帰ってきたら、姉貴の負担がもっと増えることになるよ」

「なんで？」

「だって、おばあちゃんを介護したうえに親父のご飯も作らなきゃならないし、洗濯物だって増えるし。あっ、もちろん俺はこの際、ご飯は簡単なものでいいけど」

「まるで江戸時代の男と話してるみたい」

「江戸時代？　なんで？　あのさ、ともかく今夜中に帰ってきてよ。男の俺じゃあどうしようもないんだよ」

亮一も同じ男性ですけどね。だけど、彼は毎日おばあさんたちの世話をしている。老人施設というのは、おじいさんよりおばあさんの方が圧倒的に多いのだ。

「はっきり言っとく。私は仕事があるから家には帰れない」

「じゃあ、おばあちゃんの介護、どうするんだよ」

「正樹、あんた働いてんの？」

「そりゃ今は働いてないけど、仕事を探そうとは思ってる。でも、なかなかね」

「いったい何年探してんの？」

「そうは言うけど就職状況の厳しさ、知ってるだろ？」

「いまだに選《え》り好みしてるんじゃないでしょうね。正樹って子供のころからプライドだけは高いもんね。で、アルバイトは土日が休みなの？」

「バイトはやってない」

「えっ、あんたまさかまだ引きこもってんの？　このご時世にいいご身分ね。私なんて毎日この時間になると体力の限界よ。毎晩死んだように眠るのよ」

「あのう……姉貴、本当に帰ってきてくれないつもりなの？」

「いい加減にしてよ。この役立たず！」

電話を切った途端に後悔した。弟はナイーブな人間なのだった。子供のころから優秀で自慢の弟ではあったけれど、優しすぎて傷つきやすいために、子供心にも神経を遣って接していたのだった。

なんとも言えないいやな気分になった。

正樹の能力やプライドに見合う仕事が見つからないことに同情する気持ちはある。たったひとりの弟なのだから応援したいとも思う。だけど、いくら話をしたところで永遠に話がかみ合わない気もして悲しくなってくる。単に頭でっかちで世間知らずの馬鹿じゃないかと思う。情けなくて腹立たしい。

そのうえ、父の能天気なことといったらどうだろう。

そして、母ときたら……。

家を出て行くほど追い詰められていたことには同情する。家族なのだから自分も手助けすべきだったのではないかと反省もする。だけど、母は娘である自分にだけ頼ろうとしていた。父や正樹にはまったく手助けを求めていなかった。そういう育て方をするから正樹も江戸時代の男みたいに育つのだ。

「もう、ほんとに」

家族なんてろくなもんじゃない。

「あーあ」

そもそも家族ってなんなのだろう。

＊

「まさきぃ」

翌日、ブザーの音とともにおばあちゃんの声が聞こえてきた。

時計を見ると、まだ朝の九時だ。

「おーい、まさきぃ」

切羽詰まっているような声音に、急いで階段を駆け下りた。

「どうしたの？　おばあちゃん、大丈夫？」

「なにが？」

のんびりとした表情でこちらを見る。

「あのさ、緊急じゃないんなら、あんなに大きな声出さないでよ」

「緊急と言えなくもないわ。あのね、明美か清恵に電話して、うちに来てくれるように言ってほしいのよ」

そういう手があったのか。

伯母たちの存在をうっかり忘れていた。

ああよかった。これで介護から解放される。

リビングから電話の子機を持ってきておばあちゃんに手渡す。

「こういう場合はね、本人が電話するよりも、周りの人間が見かねて電話するという形にした方がいいのよ。私が電話したら、元気だから心配ないと思われちゃうわ。だから正樹がかけた方が効果的なの」

眠くて仕方がない。いつもなら寝ている時間なのだ。死なせたら大変だと思って飛び起きたけど、見れば見るほどおばあちゃんは元気そうだった。

「今日は平日だから、明美はパートで留守かもしれないわね。もしいなかったら、折り返し連絡するよう留守番電話に入れておいてちょうだい」

命令口調に逆らえず、その場で電話すると、父の姉である明美伯母さんは、すぐに出た。

——正樹くん？　久しぶりねえ。どうしたの？

「今日、うちに来てもらえませんか？」

――もしかして遺産相続のこと？

「遺産相続？」

そう尋ね返した途端、おばあちゃんが隣で舌打ちをした。

「電話、こっちに寄越しなさい！」

ひったくるようにして子機を奪う。「もしもし、明美？ パートはどうしたの？ 休みなの？ なら、ちょうどよかった。今すぐうちに来てちょうだい。遺産の話じゃないわよ。東洋子さんがいなくなったのよ。は？ なに言ってんの。すぐに来ないなら明美には財産あげないからねっ」

そう言うと、電話を切ってしまった。言い方があまりに露骨だ。

親子ってなんなのだろう。悲しくなる。

そのあと三十分もしないうちに、明美伯母さんは玄関に現われた。タクシーを飛ばしてきたという。

「正樹くん、元気そうじゃないの」

玄関で靴を脱ぎながら声を潜め、「いったい全体どうなってるの？」と尋ねてきた。

「母がいなくなってしまったんです」

「いなくなったってどういう意味よ。福井のお母さんの病気はたいしたことなかったんでしょう？　あの日は東洋子さんたら、実家に一泊しただけで翌日には帰ってきたじゃない」

「今度は家出だと思う」

「いやだわ。私だって本当は忙しいのよ。今日はたまたま……」

「明美、来たの？」

奥から大声が響いてきた。

「はーい」

伯母さんは返事をしながら廊下を走っていった。

これでもう安心だ。


二度寝から起きると、昼を過ぎていた。

階下へ飲み物を取りに行くと、伯母さんがキッチンに立っていた。

「炊飯器はタイマーセットしておいたわ。それと、あり合わせのものでお味噌汁も作っておいたから」

「どうもすみません」

「おかずは正樹くんが買ってくるなりなんなりしてちょうだい」

そう言うと、せかせかと玄関に向かう。

「伯母さん、今夜は泊まっていくんじゃないの?」

「まさか。明日は朝早くからパートに行かなきゃなんないもの」

「そんな……」

また今夜もブザーで何度も叩き起こされるのかと思うと泣きたくなってくる。

「ということは伯母さん、明日は夕方にならないと来られないの?」

「もう来ないわよ。それより静夫は? あなたのお父さんはどうしたのよ」

「海外旅行中だよ」

「それは知ってるけど、いつ帰ってくるの?」

「旅行は三ヶ月って聞いてるけど」

「なに呑気なこと言ってんの。すぐに呼び戻しなさい!」

「え?」

「当たり前でしょう。お気楽に遊びまわってる場合じゃないわよ。今すぐ電話して、明日には帰ってくるように言いなさいよ。この家を相続するのはあなたのお父さんなんだからね。それに正樹くん、あなたいまだに働いてないんですって? 帝都大出たくせになに考えてんのよ。いったい全体、このうちはどうなってるの? 大の男が、それもふたりも揃いも揃って働いていないのに、クリーニング屋で立ちっぱなしで働いている私がどうして介護しなきゃならないわけ？　今日は定休日でたまたま家にいたけど、私にとって定休日は溜まりに溜まった家事を片づける日でもあるのよ。ふざけないで！」

すごい剣幕でまくし立てると、伯母さんは大きな音を立てて玄関ドアを閉めて出て行った。

伯母さんにとって、おばあちゃんは実の母親なのだから、当然つきっきりで介護してくれるものと思っていた。また自分ひとりが取り残されてしまった。このままでは自分の立場がやばくなる。ずるずると介護生活に引っ張り込まれて、このままおばあちゃんの面倒をみなくちゃならないなんてことになったらどうしよう。

伯母さんの言う通り、親父に電話するしかない。

「もしもし、俺だけど」

――正樹が電話してくるなんて珍しいじゃないか。何かあったのか？

「そんなことより、親父、今どこにいるの？」

――上海だよ。

「なんだ、よかった。近くで」

アマゾンの奥地なんかだったら、帰国するのに何日もかかりそうだと心配していたのだ。

「お母さんが家出したよ」

――家出？　冗談だろ。どこに行ったんだよ。福井のおばあちゃんがまた倒れたんじゃゃないのか？　え、違う？　じゃあどこに行ったんだよ。わからないって、おまえ、どういうことだ？　家出なんてあり得ないだろ。もしかして事件に巻き込まれたんじゃないか？　あいつには行く所なんてないんだから。

「ごちゃごちゃ言ってないで、とにかく早く帰ってきてくれよ」

——無理だよ。まだ旅行は始まったばかりだぞ。旅行日程は三ヶ月だって言ったはずだぞ。

「いつごろなら帰れるわけ？」

——だから旅行は三ヵ月間なんだよ。俺じゃなくて桃佳に電話しろよ。

「姉貴は仕事で忙しいから無理だよ」

——じゃあ、明美姉さんだ。

「伯母さんは一日だけ来てくれたけど、もう来ないって」

——じゃあ、清恵は？

どうしてこうも人任せでいられるのだろう。これが自分の父親かと思うと情けなくなる。

「いい加減にしてくれよ。おばあちゃんはあんたの親だろ。無責任にもほどがあるよ。今すぐホテルをチェックアウトして飛行機に乗ってくれよな。じゃあ頼んだよ」

電話を切ってから、ふと思った。まるで他人ごとのように話す親父と、姉貴に電話したときの自分は五十歩百歩ではないだろうか。すべてを人に押しつけて、自分だけは安全圏を確保しようとするところが。

その日の午後、おばあちゃんに頼まれてスーパーマーケットへ行った。

――みかん、大福、のどあめ、せんべい。

おばあちゃんが書いたメモを見ながら、カゴに入れて行く。この店に来るのは久しぶりで、どこになにが置いてあるのかわからず、少しの買い物なのに時間がかかっていた。

知った顔に出会いたくないから、早く済ませてしまおうと焦っていたが、考えてみれば、まともなやつらは日中は働いているのだった。だから昼間のスーパーというのは夜のコンビニより同級生と会う確率は低いはずだ。そのことに気づいてからは、気持ちが楽になった。

店を出ると、木枯らしが頬に冷たかった。

道の両脇は、銀杏《いちょう》の葉の黄色い絨毯《じゅうたん》が敷かれている。季節の移ろいを肌で感じるのは久しぶりだった。

家に帰ると、おばあちゃんの部屋に直行した。

「買って来たのはこれだけ？」

おばあちゃんが袋をのぞいて顔をしかめた。

「メモにあるのは全部買って来たよ」

「夕飯はどうなるのよ。お昼だってろくな食事じゃなかったんだから。明美ったらいくつになっても料理が上達しないんだもの」

不満そうに口を尖らせる。

「伯母さんが味噌汁を作っていってくれたよ。炊飯器もセットしておいてくれたから、もう炊けてるはず」

「おかずは？」

「焼き海苔《のり》くらいは探せばあるんじゃないかな」

「もっとほかになにかないの？　ご飯と味噌汁だけ用意して帰ってしまうなんて、明美も相変わらず中途半端ね。年寄りは食べるのだけが楽しみだって知ってるくせに」

どいつもこいつも文句ばっかり言って、ろくなもんじゃない。

ああ、もうなにもかもいやになってくる。

いったい家族ってなんなんだろう。

仕方なくキッチンに戻り、冷蔵庫の中を覗いてみた。

玉子に牛挽《ひ》き肉。

となれば、ハンバーグとか？

いや、オムライスかな。

やっぱり年寄りはハンバーグよりオムライスだろ。

誰が作る？

俺？

ケチャップは？

冷蔵庫の中を見渡すまでもなく、赤いケチャップは目立った。

で、玉ねぎはどこだ？

冷蔵庫のドアを閉め、あちこちの棚を開けてみるが見当たらない。

キッチンを見渡してみたとき、足もとにある小ぶりの段ボール箱に目が留まった。

「あるじゃん」

玉ねぎがぎっしり入っていた。

前に一回テレビで観たことがある。半熟の玉子がとろりとかかっているおいしそうなオムライス。どこかの高級レストランだった。

二階に駆け上がり、ネットで検索してみる。

検索の言葉は〈オムライス　作り方　とろり〉。

レシピが出てきた。急いで印刷して階段を駆け下りる。

玉ねぎを刻むと、涙がぽろぽろ出てきた。

長い間忘れていたが、小学生のころ、料理に熱中した時期があった。六年生の夏休みの自由課題は〈楽しい夕飯作り〉だった。母に教えてもらいながら家族全員の夕飯を一週間も作り続けたのだった。子供っぽいものを作るのはいやだったので、天ぷらや散らし寿司にも挑戦した。母の手助けがあったからだろうが、家族には好評だった。

ティッシュで目の周りを拭き、洟《はな》をかんだ。

まるで悲しくて泣いたあとみたいに、すっきりした感覚が残る。この感覚、何年ぶりだろう。最後に泣いたのがいつだったか思い出せない。部屋にこもる生活だと、泣いたり笑ったりすることが極端に少なくなる。ニヤリとすることはあっても、腹を抱えて笑ったりはしない。喜怒哀楽のうち、あるのは怒りだけだ。そう考えると、引きこもり生活はヤバイのではないか。沢田や千鶴と会って、つまらないことでもいいからしゃべった方がいい気がする。それに、どんな仕事でもいいからやっぱり働いた方がいい。

玉ねぎを炒めると、いい匂いが漂ってきた。

挽き肉を入れ、木杓子《きじゃくし》でフライパンの底をすうっと撫《な》でるようにかき混ぜたあと、炊き上がったばかりの熱々のご飯を放り込む。そこに塩胡椒をしてケチャップを入れる。ご飯の粘りが出ないよう、切るように混ぜる。これは〈楽しい夕飯作り〉で酢飯を作ったときに母から教わったことだ。

二枚の皿に均等にケチャップご飯を盛る。

次は玉子だ。ここからが勝負だ。とろりとした感じにでき上がるか否か。一瞬たりとも気が抜けない。

玉子を割りほぐし、牛乳を少し加えて塩胡椒して箸でかき混ぜる。それをバターを溶かしたフライパンに流し入れる。

だめだ。

手早くやったつもりなのに、〈とろり〉とはほど遠い代物ができ上がってしまった。中までしっかり火が通ってしまっている。

今日はいいとするか。

次回また挑戦しよう。意外と楽しかったし。

おばあちゃんの部屋をノックすると、「いい匂いね」と返ってきた。

ベッドの上のスライドテーブルを引き寄せて、おばあちゃんは待っていた。湯気の立つオムライスをテーブルに載せると、目を瞑って匂いを嗅ぐ。

自分はベッドの足もとに上がり込み、テーブルの端っこに自分用のオムライスを置かせてもらった。

「誰かと向かい合ってご飯をいただくなんて何年ぶりかしら」

おばあちゃんはそう言って、嬉しそうに笑った。「いただきます」

「ちょっと失敗しちゃったんだ」

「とってもおいしいわよ」

「ほんとだ。自分で言うのもナンだけど、結構うまい」

「正樹、オムライス屋にでもなれば？」

「なんだよ、それ。オムライス屋なんて聞いたことないよ」

「洋食屋のことよ」

商売か……。

会社に勤めなくても食べていく道があることは知っている。だけど、そんなの夢物語だ。店を開くには資金が必要だし、レストラン経営のノウハウはどこで習得する？　その前に、調理師として腕を磨かないと。気が遠くなる。

ふとそのとき、長い間忘れていたことを思い出した。

高校生のときだった。美大に進学したいと言い出した自分に賛成してくれたのは、おばあちゃんだけだった。親父も母も大反対だった。両親は常に子供の成績に一喜一憂していた。今にして思えば、おばあちゃんだけが長い目で成長を見守ってくれていたのではないだろうか。

――学校なんてどこでもいいのよ。人生は一度きりだもの。やりたいことをやりなさい。そして行きたいところへ行きなさい。

それが当時のおばあちゃんの口癖だった。

――子供じゃなくて孫だからそんな無責任なことが言えるんだよ。お袋は社会で揉まれたことがないから厳しさがわかってないんだ。優秀な正樹の将来を潰《つぶ》さないでくれよ。口出し無用だよ。正樹、馬鹿なこと言ってないで潰しの利く法学部か経済学部にしなさい。

サラリーマンとして働く親父の言葉には説得力があり、従うしかなかった。

「美大に進学するって言ったとき、応援してくれたのはおばあちゃんだけだったね」

「そんなこともあったわねぇ。歳を重ねて初めて、人生一度きりってことが身に沁みるのよ。歳を取るのもいいものよ。いろんなものが見えてくるもの」

おばあちゃんはやっぱりおばあちゃんだった。

明日も差し向かいでご飯を食べようと思った。

第五章　生きててどうもすみません

街がクリスマス商戦で賑わうころ、東洋子は上野駅付近のアパートの一室にいた。アパートに落ち着いた翌日から仕事探しを始めたのだが、思った以上に年齢制限が厳しかった。簡単なパートくらいすぐに見つかるだろうと思っていたが甘かった。書類選考の時点でことごとく落とされてしまう。

このまま仕事が見つからなかったらどうすればいいのか。財布の中身を思うと泣きたくなる。家出してまだ十日も経たないというのに、すごすごと戻り、お義母さんやお義姉さんに皮肉を言われる場面を想像すると消えてしまいたくなる。この先もずっと、ことあるごとにネチネチと言われ続けるに決まっている。

大きなため息をつきながら窓を開けると、思ったほど外は寒くなかった。

天気もいいし風もない。

部屋の中で意気消沈していても仕方がない。

今までずっと専業主婦だったので、社会に出ることに対してかなり怖気《おじけ》づいてはいる。自信もない。だけどその反面、長年の家事の経験で得た段取りの良さなど、若い人より役立つ面もあるに違いないという自負もある。

もう一度、勇気を振り絞ってハローワークに行ってみよう。

出かける支度《したく》をして部屋を出た。そのついでに、衣類などを宅配便で運んだときの段ボールを捨てようと、ゴミ置き場に寄った。

「ちょっとあんた、段ボールは資源ゴミだよ。燃えるゴミじゃないよ」

振り返ると、背の高い女性が仁王立ちになってこちらを睨んでいた。長い髪をひとつに束《たば》ね、キャップをかぶっている。女性もゴミを捨てに来たらしく、大きなゴミ袋を抱えていた。

「すみません」

消え入りそうな声を出していた。最近の自分はひどく気弱になっている。恥ずかしいことだが、ちょっと注意されたぐらいで涙ぐみそうになる。

「今日は資源ゴミの日だと思ったものですから」

「そうだっけ？」

女性は、壁に貼られたゴミカレンダーを見た。帽子の下からのぞく横顔は、目鼻立ちのくっきりしたなかなかの美人だった。四十代半ばといったところか。不動産屋からは、どの部屋も１ＤＫの造りだと聞いているから、この女性もひとり暮らしなのかもしれない。

「ははっ、ごめんごめん。間違えてたのは私の方だ」

屈託のない笑顔を見せた。悪い人ではなさそうだ。

「あんた、見ない顔だけど最近引越してきたの？」

「ええ、先週」

「ひとり暮らし？」

「はい、まあ」

「へえ、いいおうちの奥さんって雰囲気だけどね」

そう言いながら、東洋子の全身に目を走らせる。

「今日は仕事は休みなの？」

「いいえ、休みと言いますか……仕事を探しているところです」

「ふうん」

「歳も歳だし、なかなか見つからなくて」

女性は眉間に皺を寄せてじっとこちらを見ている。

「笑いごとじゃないよね」

いつの間にか、自分は愛想笑いを浮かべていたらしい。

「そうですね、確かに笑いごとじゃないです。でも、上野経済大学の中にある売店のおばちゃんの募集ですら書類で落ちましたから、もうどうしていいのやら」

それがショックで、昨夜は眠れなかった。

「そんないい仕事は無理だよ」

「いい仕事？　だって菓子パンとか牛乳とか売ってる普通の売店ですよ。それのどこがいいんですか？」

「大学の中という環境は安全だもの。お客は大学生や教授でしょう？　限られた人しか来ないじゃない。酔っ払いとか得体のしれないオヤジなんかは来ないじゃないの」

「ああ、なるほど。だから倍率が高かったのか」

じゃあ、いったい、どこなら雇ってくれるのだろう。

このままでは近いうちに所持金が底をついてしまう。

「書類で落ちるってことは、履歴書の書き方がまずいんじゃない？　よかったら私が見てあげようか？」

「えっ？」

この女性が私にアドバイス？　それほど教養があるようには見えない。

「今夜私の部屋に来るといいよ。二階の奥の角部屋なの。私、森園静世《もりぞのしずよ》っていうの。今夜八時ごろ、都合どう？」

「でも……」

「遠慮しなくていいよ」

「そうですか。では、うかがわせていただきます」

彼女のアドバイスが役立つとは思えなかったが、同じアパート内に知り合いができることは心強かった。日常生活で困ったことがあったら相談に乗ってもらえるかもしれない。


その夜、駅前で買ったシュークリームを持って、八時ちょうどに彼女の部屋をノックした。一応、履歴書も持参した。

「いらっしゃい。さあ、どうぞ」

同じ間取りでもこうも違うものかと思うほど、彼女の部屋は素敵だった。

真紅《しんく》の絨毯《じゅうたん》に大胆な色使いのカーテン。ここがオンボロアパートというのを一瞬忘れてしまう。

いつか雑誌で見た、東欧かどこかの学生アパートメントの一室を連想させた。昔ながらの大きな押入れがあるからか、部屋の中はすっきりと片づけられていて、ソファベッドとテレビと本棚があるだけだ。よく見ると、押入れの襖《ふすま》の柄が自分の部屋のとは違う。ここのは白の無地だから洋室風にしてもおかしくないのだろう。自分の部屋のは松が描かれた和柄だから、こんな洒落《しゃれ》た感じにするのは難しい。

そんなどうでもいいことでまたもや気分が沈んでいく。自分の弱さに辟易《へきえき》する思いだった。

「あらっ、私と同い歳じゃない」

履歴書を広げ、彼女は嬉しそうに笑った。

「本当ですか？　森園さんて若く見えますね」

「派手なだけよ。駅前のブティックで雇われ店長してる関係でね。それより、ああやっぱり。この学歴の書き方がよくない。大学のことは書かない方がいいよ。書くのは高校卒業まで」

「どうしてですか？」

「だって、たかが売店のレジだよ。こんな名門女子大を出た才媛《さいえん》なんて、人事のオヤジが真っ先に敬遠するに決まってるじゃない」

「そんな……」

自分の人生って馬鹿みたいだ。管理栄養士の資格なんて要らなかった。それ以前に、大学に行く必要もなかった。

過去の努力や親が出してくれた学費が水の泡と消えていく。いや、とっくに消えていたのだ。長い間気づかなかっただけで。

「で、次はどこに応募するつもり？」

「ＪＲ上野駅の駅弁を売っている店です。でも、ここも無理かも。年齢制限が五十歳までなんです。私、五歳もオーバーしてるから」

　そう言うと、森園さんはくくっと笑った。

「二十代や三十代の主婦もたくさん応募するんだよ。最近は主婦だけじゃなくて独身の若い女も多いよ。なんせ新卒でも正社員の口なんてそうそうない時代だからね」

　そういえば若かったころ、お掃除のおばさんといえば六十代くらいの人だったけど、上野に来てここ何日かの間に、三十代くらいの女性を何人も見かけた。お掃除のオネーサンと呼んでもいいくらいだ。お義母さんの介護で家を出られない生活をしている間に世間は変わったらしい。どうやら応募規定を五歳オーバーしているというような小幅な問題ではなさそうだ。

「ねえ宝田さん、お酒飲める？　少し飲まない？　私、明日は休みなんだ」

　森園さんはそう言いながら立ち上がり、台所へ向かった。

　最後にアルコールを口にしたのはいつだろう。夜中にお義母さんに叩き起こされることを思うと、晩酌も寝酒もするわけにはいかなかった。

「ビールと安物のワインと焼酎に梅酒、どれがいい？」

　森園さんがキッチンから問いかける。

「では焼酎を」

「もしかしてイケる口なの？　烏龍茶かなにかで割る？」

「はい、お願いします。なにかお手伝いしましょうか」

「じゃあ、これをお皿に移して」

オイルサーディンの缶詰とザルに入ったオニオンスライスを渡された。

森園さんは、茹《ゆ》でたブロッコリーと人参を手早く皿に盛りつけ、その上からアーモンドの薄切りを散らしている。その手早さからすると、この人も主婦だったことがあるのかもしれない。

「ふたりの輝かしい未来に乾杯！」

「……乾杯」

森園さんは梅酒のソーダ割りをおいしそうに飲んだ。

「履歴書は郵送するんじゃなくて、本社の人事に直接持って行った方がいいよ」

「どうしてですか？」

「だって、宝田さんの武器は上品な奥様って感じがするところだよ。絶対にオジサン受けすると思う。だけどさ、それは実際に会ってみないとわからないことだし、そもそもこの履歴書の写真、写りがいまいちだよ」

「そうですか。じゃあ直接持って行ってみようかな」

この際、可能性のあることはなんでもやってみよう。このままでは就職できそうにない。

森園さんはあまりお酒に強くないみたいで、二杯目を飲み干したあと、目がとろんとしてきた。

「森園さんは七十歳死亡法について、どう思います？」

「大反対。私、ナナハン同盟に入ってるの」

「森園さんは長生きしたいんですか？」

「もちろんよ。宝田さんは早く死にたいと思ってるの？」

「だってこの先、楽しいことがあるとは思えないですし」

もう先のことなんか考えたくなかった。

「私は今までの人生の中で、今がいちばん楽しいよ。いろんなものが吹っ切れたから」

「いろんなもの、ですか」

「身の上話、しちゃおうかな。ねえ、聞いてくれる？」

「ええ、もちろんです」

人が好いのだろう。知り合って間もないのにかまえるところがまったくない。どこから見ても平凡な主婦に見える自分に、警戒心を抱く人などいないのかもしれないが。

「東京に戻ってきて二十年よ。あれ？　もう二十年になるの？　信じらんない」

そう言って、ひとりおかしそうに笑い転げる。かなり酔ってきたようだ。

「戻ってきたというと、どこから？」

そう尋ねると、森園さんは神妙な顔つきになった。

「神戸よ。結婚して神戸に住み始めたころは、家を持つのが夢だったわ。ねえ、結婚すると、みんなそうでしょう？」

そう言うと、森園さんは遠い目をした。

「はい、私もそうでした」

「頭金を貯めるのに一生懸命だったよ。ネギやミツバの根っこは捨てないでプランターに植えたり、チラシを見比べて少しでも安い店へ自転車を漕いだり、ビール党の夫を焼酎党に変えさせたわ。スーパーに行くのはいつも閉店間際。投げ売りを期待してね。電気はこまめに消したし、まだ幼かった娘の散髪は三回に一回だけ美容院に連れて行って、形が残っているうちは自分が切ってやった。風呂の残り湯は掃除やプランターに使った。それでもなかなか頭金は貯まらなかった」

「わかります。私にも同じような経験があります」

社宅に住んでいたころの自分を思い出していた。

バブル期とあって、家を持つという願いが悲壮な深刻さを帯びた時代だった。

――持つものと持たざるものの格差歴然！

庶民の不安を煽《あお》るような言葉が、毎日のように週刊誌の見出しに躍《おど》っていた。自分たちのような平凡なサラリーマンに持ち家は無理かもしれない。かといって、家賃の安い市営住宅の抽選なんか永遠に当たりそうもなかった。そう考えると、行く先が不安だった。

家さえあれば、あとは食費だけあればいい。

家さえあれば、老後はなんとかなる。

考えてみれば、あのころの自分には、夫の両親と同居することは選択肢の中にはなかった。

「マンションを買ってアパートを出て行く奥さんたちの晴れがましい顔といったら……」

「それも、とってもよくわかります」

自分もああなりたいと、切に願ったものだ。

「アパートに取り残された主婦たちはみんな、出て行く奥さんたちが涙ぐましい節約を心がけていたことを知ってたよ。だから、私たちももっと節約できる余地があるはず、そう思った。中には夫の飲み代やタバコの本数までチェックする奥さんもいたよ。言っとくけど、それは私じゃないからね」

そう言って、森園さんはいたずらっぽい目をして笑った。

しかし、神戸で主婦として暮らしていた人が、どうして今ここでひとり暮らしをしているのだろう。娘もいたらしいのに、その子はどうしたのか。わからないことだらけだったが、晴れ晴れとした顔で笑っているところを見ると、過去はきれいに吹っ切れているのだろう。

「私は惣菜屋《そうざい》でのパートの時間を増やしたの。でも、時給八百五十円で一日七時間働いて六千円弱。ひと月二十日として十二万円ちょっと。頭金を貯めるなんて気が遠くなったよ」

「ほんと、そうですよね」

「半分あきらめかけてたときに、姑が脳梗塞でぽっくり。一千万円の遺産が手に入ったの」

「まあ、それは……」

　ラッキーでしたねと言いそうになり、慌ててグラスを口につける。

「神戸市内にある中古マンションを下見に行ったのは一九九四年の夏だった」

　一九九四年といえば、桃佳も正樹もまだ幼くて、てんてこまいの日々を送っていたころだ。

「目の前に瀬戸内海、背景には六甲山があるの。七階建ての白いマンションで、外国のお伽《とぎ》噺《ばなし》に出てくる小さなお城みたいに素敵だったの。３ＬＤＫで築五年、和室がひとつに洋室が二つ、リビングのフローリングは清々《すがすが》しくて、キッチンはかわいらしかったぁ」

　姑の遺産の全額を頭金に充てたらしい。残りは三十年ローンを組んだという。

「無理してるなんて全然思わなかった。月々の返済額は、それまで住んでいたアパートの家賃と同じだったからね。それにあのころは、夫の給料も上向き状態が続くと思ってたもん」

「そうでしたね。そういう時代でしたものね」

「でも振り返ってみると、このときすでにバブルははじけてたんだよね。マンションを買って半年後、つまり一九九五年の一月になにがあったか、宝田さん、覚えてる？」

「一九九五年の一月？　なにかありましたっけ？」

「一月十七日午前五時四十六分。阪神・淡路大震災よ」

「あっ」

「和室に布団を敷いて川の字になって寝てたの。ラッキーだったのは、家具はみんな洋室に置いていて、和室には倒れてくるものはなにもなかったことよ。だけど、夫と娘の名前を何度呼んでも返事をしない。死んでしまったのかと思って狂ったように名前を呼んだよ」

　東洋子は息を詰めた。夫も娘も死んでしまったのだろうか。

「そしたら『うるさいよ、おかあさん』って娘が寝ぼけた声で言ったの。そして夫は『人が寝てるのに大きな声出すなよ』って。呆れたわ。あんな大きな揺れに目が覚めないなんて。でもそのおかげで、娘はＰＴＳＤとは無縁でいられたの。私自身は体の震えが取れるのに何週間もかかったけどね」

　そう言ったきり、森園さんは黙ってしまった。

　ソファの上で脚を組み、グラスを弄《もてあそ》んでいる。

「そのあとはね……」

　そう言って、森園さんは大きなため息をついた。「マンションの建て替えが決まった。家を買ってまだ半年。住宅ローンの残り二千八百万円プラス建て替え費用二千万円。夫の安い給料から考えると、気の遠くなる額だった」

「それは大変でしたね」

「容積率の関係で、再建したらぐっと狭くなるっていうの。気持ちの晴れる日がなかった。それでも前を向いて歩いていくしかなかったわ。だってそうでしょう？」

「そうですね」

「今こそ夫婦で力を合わせて乗り越えるべきだと思った。夫も頑張ると言ってくれたの」

「夫婦の絆が強まったわけですね」

そう言うと、森園さんははははっと乾いた声で笑った。

「そう思ってたのは自分だけだった。ある日、カードローンの請求書が届いたの。ぎりぎりまで節約して暮らしてるのに、夫は六十万円もキャッシングして、キャバクラにつぎ込んでたの。若い娘《こ》にヴィトンのバッグを買ってやったって聞いたときは血の気が引いた」

「まあ、なんてこと」

「夫は開き直って言ったよ。『辛気《しんき》臭いんやわ、あんたみたいな古女房は。朝から晩まで節約節約ゆうて眉間に皺寄せて。もうちったぁ身ぎれいにせえや。男やったら誰でもピンクの口紅つけた笑顔のかいらし子ぉの方がええわいな』だってさ。半年後に離婚した」

「そんなことがあったんですか」

「私は心機一転、出直そうと思って東京へ戻ってきたの。今は正直言うと、住宅ローンから逃れられてほっとしている。身軽になったと心底思う。解放感でいっぱいよ」

「お嬢さんは？」

「娘はイタリアでデザインの仕事をしてるの。苦労させたからか強い子に育ったよ。元亭主については自己破産を申請したところまでは人づてに聞いたけど、その後は知らない」

「いろいろとご苦労されたんですね」

「今は家もないけどローンもない。背中に羽が生えてどこにでも飛んでいけそうな気分よ」

「実は、私は……」

「宝田さん、無理に話さなくてもいいよ。私が柄にもなく身の上話をしたくなったのは、同い年の女性に会ったのが久しぶりだからだよ。同じ時代を生きてきたんだなあと思ったら、なんだか急に聞いてもらいたくなったの」

「いえ、私も聞いてもらいたいんです。本当です」

東洋子は夫の実家に同居を始めたころからのことを順を追って話した。

森園さんは、じっとこちらを見つめ、ときどき相槌《あいづち》を打ちながら熱心に聞いてくれた。

「あんたも大変だったんだね。家を出ることは家族には言ってきたの？」

「誰にも言ってないんです」

「じゃあお姑さんは今、どうしてるの？」

「主人の姉が来てくれてるから大丈夫です」

家を出てきた翌日、お義母さんのことが心配でたまらなくなり、家に電話してみたのだった。すると――

――はい、宝田でございます。

義姉の明美の声だった。

――もしもし、どちら様でしょうか？

すぐに電話を切った。

やっぱり自分がいなくても大丈夫だったのだ。

安心したことはした。

だけど、勝手なことを言うようだけど、空しかった。

桃佳にも連絡が行っているかもしれない。義妹の清恵にしたって時間的な余裕はあるはずだから、お義姉さんを手伝っている可能性もある。たくさんの手があったのだ。もっと早くSOSを出せば良かった。

いや、本当にそうだろうか。「もうダメです。助けてください」と口に出して言ったわけではないが、みんな気づいていたはずだ。極端な寝不足だったこと、心身ともに限界だったことを。

でも、自分は恵まれている方かもしれない。世間には、親ひとり子ひとりで、ほかに身寄りもなく、介護施設も満杯で入れないうえにお金もないという悲惨な状況の人が数え切れないほどいるらしいから。

「姑からしたら、息子の嫁より実の娘の方がいいに決まってますよ。今ごろ母娘で昔話に花を咲かせてるんじゃないでしょうか」

「要は、あなた、キレたってことね」

「私、冷たい人間でしょうか」

「そんなことないよ。残された人生はたった十五年だもん。家出するの、遅すぎたくらいだよ」

「そう言ってくださるとほっとします。一応、このアパートの住所と電話番号を書いたメモは、食器棚の引き出しの中に入れてきたんです。私の行方《ゆくえ》を捜す気になれば、手がかりを求めて家の中をくまなく探すでしょうから、そのうちメモに気づいて連絡してくると思います」

「まっ、今夜は飲も、飲も」

孤独を覚悟していたのに、こんなに早く気の合う友人ができるとは考えてもいなかった。

神に見捨てられたわけではないらしい。

＊

「生きててどうもすみません」

菊乃は天井を睨みながらつぶやいた。

キッチンの方から正樹の声が聞こえてくる。

「えっ、マジかよ。まだチェックアウトもしてないの？　信じらんねえ。この前電話してからもう四日も経つんだよ。親父、いい加減にしてくれよ。おばあちゃんはあんたの親だろ。しかしいい身分だよな。親の介護を孫に押しつけて自分は海外旅行かよ。母さんは出て行って五日、なんの連絡もしてこないしさ」

年寄りはみんながみんな耳が遠いと思ったら大間違いだ。菊乃はドアを見つめた。

「は？　だからそんなの俺の知ったことじゃないってば。親父の長年の夢なんて俺には関係ないよ。青春？　それ、マジで言ってる？　いい歳して馬鹿じゃねえの？　今どき高校生でもそんな言葉使わないぜ。ったく恥ずかしい。あのさ、そんなに旅行したいんならおばあちゃんが死んでから行けばいいじゃん。あとたった二年の辛抱だろ」

長生きして本当に申し訳ございませんねえ。自分さえいなければ、嫁の東洋子も家出なんかしないで済んだのでございましょう。それどころか夫婦円満で海外旅行することもできたはずです。

心の中でつぶやいてから、大きなため息をついた。

自分が家族の厄介者だってことはわかってる。自分のせいで家族が壊れていくのもわかっている。だけど、生きたくて生きてるんじゃない。なかなかお迎えが来ないのだから仕方がないじゃないの。いったい私にどうしろっていうの。

それに、昔はもっと親を大切にしたものだ。もっと敬《うやま》ったものだ。それを思うと、早く死にたいと思う反面、こんな悔しい思いのまま死んでたまるかとも思うのだった。

「もしもし、僕、正樹です。清恵叔母さんですか？」

廊下の向こうから聞こえてくる声に、菊乃は耳を澄ませた。

「えっ、知ってるって？　ああ、明美伯母さんから電話があったんですね。それなら話が早い。早速明日から、あっいや、やっぱり今夜から来てもらえませんか。泊まりでお願いします。都合が悪いなんて……自分の親を見捨ててまで行かなきゃならないところってどこですか？」

正樹もなかなか言うものだ。

「閉店セール？　それがそんなに大切ですか？　ものすごく安い？　あのう、もしもし叔母さん、えっ僕ですか？　僕は僕なりに忙しいんです。転職先を見つけるために日夜努力していましてですね」

老人介護から逃れるためには誰しも平気で嘘を言うらしい。

生きてやる。

フミちゃんから教えてもらった裏の法律ってものを自分だって利用してやる。

年金も医療費も返上して無料奉仕すればいいんでしょ。

それにはどうすればいいのか。

寝たきりの人間にはやっぱり無理なのか。

小夜ちゃんもフミちゃんもこれからも生きていくっていうのに自分だけこの世からいなくなるなんて。

悔しくてたまらない。

もしも元気だったら、人に教えられることはいっぱいある。

華道の師範だって持っている。末娘の清恵が短大に入ったころから、やっと生活に余裕ができたので、若いころからの夢だった習いごとをあれこれ始めたのだった。その中でも華道は性に合った。それに、教えようと思えば資格は持っていないが料理だって着付けだって自信はある。

でも、寝たきりではね。

ああ、いったいどうすればいい？

菊乃はそれを考えると今夜も眠れなくなるのだった。

＊

上海のホテルで、宝田静夫はすぐ隣の部屋のドアをノックした。

気が重かった。

藤田はシャワーを浴びたばかりなのか、バスタオルで薄くなった頭髪を拭きながらドアを開けた。

「藤田、ほんと申し訳ない。一旦帰国しなくちゃならなくなった」

「なんでだ？」

山岳部主将だった彼は、丸い目を一層丸くした。

「家でごたごたがあったんだ」

「よかったら話してくれないか。まだ旅行は始まったばかりだし、このまま解散というのも悔いが残るよ」

静夫は部屋に入り、椅子に腰を下ろした。

学生時代、藤田のあだ名は〈人格者〉だった。常に穏やかで面倒見がよく、若いころから懐の深さを感じさせる男だった。

「実は、お恥ずかしい話なんだが、家内が家出したらしい。今、息子から電話があった」

「奥さんが？　そりゃまたどうして」

「理由はよくわからない。息子が言うには介護疲れらしい」

いい歳をして男ができたのではないかとも思ったが、藤田には言えなかった。

「介護って誰の？」

「俺のお袋が寝たきりなんだ」

「そんな話、聞いてないぞ。おまえ、まさか奥さんに介護を任せて海外旅行してんのか？」

藤田が睨みつけてきた。

「そうだよ。だって男の俺なんかが家にいたって仕方ないだろ」

「おまえってやつは……」

「なんだよ、なにをそんなに怒ってるんだよ」

「信じられない、まったく」

「だから、なにが？　藤田って相変わらず大袈裟だな。俺のお袋は惚《ぼ》けちゃいない。世間で言うような徘徊《はいかい》もしない。寝たきりだから徘徊しないのは当然だけどな。つまり、うちの場合は介護といったって、それほど大変なわけじゃないんだよ」

「宝田、すぐに帰った方がいい」

「そうか、悪いな。二、三日したら戻ってくるよ。北京を集合場所にしないか？」

「なにを言ってるんだ。宝田、今回の旅行は中止だ」

「冗談だろう。たいしたことじゃないんだってば。それに俺には姉もいれば妹もいる。娘だっている。なにも俺が帰る必要はないんだ。たまたま息子から電話があって、かみつかれたもんだから、急遽《きゅうきょ》帰国したってことになれば一応は面目が立つから大丈夫なんだよ」

「だめだ、中止だ。俺も一緒に帰国する」

「藤田、なんでお前まで帰るんだよ」

「そうでもしなきゃあ、おまえは事の重大さがわからないだろ。女房に先立たれてから後悔するつらさといったら……」

藤田はいきなり言葉を詰まらせた。「もっともっと……優しくしてやればよかった」

「なに言ってるんだよ。おまえのところはいつも仲睦まじかったじゃないか」

「……女房が死んでから日記が出てきたんだ。俺に対する恨みつらみがびっしり大学ノート三十冊。夫婦円満だと思っていたのはどうやら俺の方だけだったらしい」

「女ってやつはどいつもこいつも恨みがましいったらありゃしない。ぞっとするよ。女って生き物は、どうしてもっとあっさり生きられないのかね。言いたいことがあるなら、その場その場でちゃんと言えばいいじゃないか」

「言ってるんだよ。俺の女房にしても、今思えば確かに信号を発していた。それも明確にな。それなのに俺は気づかないふりをしてたんだ。面倒だったんだ」

「仕方ないじゃないか。仕事が忙しかったんだから」

「忙しいなんて言い訳にならないよ。それに宝田、おまえの奥さんだって忙しくしてるだろ。介護っていえば、サラリーマンのおまえよりずっと自分の時間なんて少ないはずだぜ」

「俺より忙しいだなんて、そんな馬鹿なこと……」

「奥さんは、夜中に何度も起きてなかったか？」

「ああ、起きてたよ。お袋がブザーを何度も鳴らすんだ」

「連続して睡眠が取れないのは体にこたえるんだぞ」

「専業主婦なんだぜ。どうせ昼寝でもしてるだろ」

「昼寝なんてしてられるかよ」

「俺だって、お袋のブザーで目を覚ますことはしょっちゅうさ。それでも翌日はちゃんと会社に行ってたんだぜ」

「おまえは目が覚めたって、そのまますぐ寝るんだろ？　奥さんはどうなんだ？　眠くてたまらないのに、起き上がってお袋さんの介護をするんだろ？　おまえとでは雲泥の差だよ」

「そんなに大変そうには見えなかったけどなぁ」

「じゃあ聞くけど、奥さんの趣味はなんだ？」

「なんだったかな。若いころはいろいろとあったようだけど、もう女房も歳だから、趣味なんてないんじゃないかな」

「そうじゃないんだ。介護のせいで趣味なんて持てないんだよ。おまえってやつは、どこ見てるんだ？」

「そうは言うけど藤田、俺はこの前までサラリーマンだったんだぜ。俺の給料で一家を支えてたんだ。介護を代わったりしたら、収入が途絶えるだろ」

「ヘルパーに来てもらえばよかったんだよ。その間だけでも奥さんは解放されるだろ」

「それは無理だ。俺のお袋は、他人が家の中に入ることをいやがるんだ」

「いやがるお袋さんを説得できるのは息子のおまえしかいないだろ」

「俺が？　お袋を？　そういうのは苦手なんだ」

「処置なし」

藤田はベッドにどすんと座った。「これ以上おまえと話しても時間の無駄だ。そこまで馬鹿だとは知らなかった」

「ちょっと待てよ。その言い方はないだろ。聞き捨てならないぞ、おい」

藤田は返事もせず立ち上がり、備え付けの冷蔵庫から缶ビールを二本出してきた。

黙ったまま、一本をこちらへ突き出す。

「宝田、俺はな、知っての通り今は娘夫婦と一緒に暮らしてる。妻が死んでから家が妙に広く感じられて、そのうえ妻の日記が出てきて落ち込んでいたところに、娘夫婦が俺の世話も兼ねて転がり込んできたんだ」

そう言うと、藤田は窓辺のソファに座り、ビールをごくりと飲んだ。

「やつらの夫婦関係を身近に見ていて俺は大いに反省したよ。娘婿は娘に対して実に優しいんだ。思いやりがある。共働きってこともあってか、家事も率先してやる。ああいうのを本当の意味で大きい男っていうんだと思う、男のくせにピアスしてるのだけはいまだに気に入らないけどな」

「ピアス？　本当か？　またどうして」そんな男との結婚を許したんだ？

言いかけた言葉を呑み込む。自分なら、そんな男とひとつ屋根の下に住むなんて絶対にいやだ。無論、結婚にも反対する。

そもそも、ピアスが許される職場ってどこだ？

「お嬢さんの結婚相手は勤め人じゃないのか？」

「美容師だ」

絶句した。

藤田のところのひとり娘は、帝都大を出ているのだ。それも卒業式のとき総代で答辞を読んだと聞いている。そして総務省にキャリアとして入省した。

「だから俺も家事をまったくしないというわけにはいかなくなった。なんせ、娘は早朝に出勤して帰りは深夜だし、婿の店は午前十時から夜九時までやってる。美容師というのは立ちっぱなしだから疲労も半端じゃない。きっと娘は、女房じゃなくて俺が死んだ方がよかったと思っているに違いないんだ。女房なら家事全般を任せられるけど、俺なら役立たずどころか、世話をかけるばかりだからな。とはいえ、料理はすぐには上達しないから、洗濯と掃除と町内会の方は買ってでることにしたんだ」

「同居なんてしなきゃいいじゃないか。気苦労ばかり増える」

「宝田、おまえは娘や息子と仲がいいか？」

「いや、全然」

「俺もだ。ひとり娘なのにざっくばらんに話ができない。女房が生きていたころは、いつも女房が取り次ぎ役だった。だけど婿は男のくせにおしゃべりでよく笑うやつなんだ」

「へえ、それは……」

それは軽薄だね、などと正直に言うわけにもいかない。

「だから助かってる。俺と娘の間のクッション材になってるんだ。俺も娘より婿と話す方が気が楽なんだ。なんせ三十過ぎてるのに天真爛漫な男だからね」

そう言って、藤田はビールをひと口飲んだ。

「ところで藤田、その日記、三十冊とも読んだのか？」

「ああ読んだよ。一冊目を読んだとき、あとの二十九冊はとてもじゃないが読む勇気がなくて、捨てようと思った。でも、妻は日記をわざと遺したんだよ。交通事故かなにかで突然死んだならともかく、癌で入退院を繰り返していた。だから捨てようと思えばいつでも捨てられたはずなんだ。ということはつまり、俺に読ませようという明確な意図があったんだと思う」

「よくわからないな」

どうにも納得できなかった。藤田は〈人格者〉なのだ。妻に恨まれなきゃならない道理がわからない。自分は妻子のために働いてきた。我慢我慢のサラリーマン人生だった。興味の湧かない仕事内容、上司のつまらない嫉妬、部下の突き上げ、胃がきりきり痛む生活を三十年以上も続けてきた。ほとんどの男が同じようなものだと思う。その証拠に、七十歳死亡法が制定されるや否や早期退職が何十万人という規模で相次いでいる。仕事に生きがいややりがいがあるのなら、これほどこぞって会社を辞めるわけがない。

それに比べて妻は自宅にいることができる。羨ましいくらいだ。自分に比べたらずっと楽だと思うのだ。それに……。

「なあ藤田、うちの家内はこの旅行に反対しなかったぜ」

「気持ちよく送り出してくれたとでも思ってるのか」

「ああ、もちろんだ」

「違うよ。奥さんはあきらめたんだ」

「あきらめたって、なにを？」

「おまえという人間を、だよ」

宝田静夫は、自宅の玄関前に立っていた。

——帰れ。おまえが帰らなくても俺は明日帰国するぞ。

藤田の剣幕に押され、不本意だったが帰国したのだった。

玄関を開けた途端、異臭がした。糞尿の臭いに生ゴミの臭いが混ざったような強烈な悪臭だった。

「なに言ってんの！　ほんと生意気だねえ。口ばっかり一人前で」

突然、奥の方から怒鳴り声が聞こえてきた。玄関に佇《たたず》んだまま静夫は耳を澄ませた。

「おばあちゃん、我儘すぎるよ」

「暇を持て余してるくせに、山椒屋に巻き寿司を買いに行くくらいのことがなんなのよ」

「そんなに食べたいんなら自分で買ってこいよ！」

そこで会話が途切れた。

そっと靴を脱ぎ、廊下を奥へ進む。

母の部屋をノックしようとしたとき、すすり泣きが聞こえてきた。

「ごめん、おばあちゃん。寝不足でいらいらしちゃって。だけどいくらなんでも、夜中にあんなに何度もブザー鳴らさなくても」

なんと声をかけてよいものかわからず、そのまま引き返して台所へ入った。

流しには洗い物が山と積まれ、テーブルは物置きと化していた。

「あれっ、親父、帰ってたのか」

正樹が汚れた食器を載せたお盆を持って入ってきた。

パパと呼ばれた記憶はある。正樹がまだ小学校低学年のころだ。考えてみればそれ以来、ほとんど口を利いていなかった。親父と呼ばれることに違和感はあったが、それ以外に呼びようがないのだろう。正樹も目を合わそうとしない。息子との関係に長い空白期間があることを思った。特に、大東亜銀行を辞めてからの正樹は、ほとんど部屋から出てこないから、顔を見ることもなかった。

それがどうした？

これが普通だろう？

俺だって自分の親父とはほとんど話をしたこともないが、特に困ったことはなかった。父子の会話なんて元来そんなものだ。必要ないといってもいいくらいだ。最近はイクメンという言葉が流行っているらしいが、女にウケようとやっきになっている男に昔からろくなのはいない。そもそも真面目に仕事をしていたら、女子供を相手にする暇なんかないのだ。藤田もどうかしている。ピアス婿なんかに毒されて、なんて情けないやつ。

「正樹、お母さんはどこへ行ったんだ？」

「ここ」

そう言って正樹はメモ用紙をひらひらさせた。

見ると、台東区上野という住所が書かれている。携帯電話も買ったらしく電話番号もある。

「僕、今から山椒屋に行ってくるよ」

「それよりまず、ここ掃除しろよ。臭くてたまらないよ」

「ゴミってどこに出せばいいんだっけ？」

「知らないよ」

「ゴミの日は何曜日？」

「だからそんなこと俺は知らないよ」

「それより親父、巻き寿司を買うお金くれない？　おばあちゃんて前からあんなだっけ？　態度はでかいし、お金は出さないし、そのうえ俺のすることなすこと全部気に入らないみたいで一日中怒鳴ってる」

「まあそう言うなよ。歳取ったらみんな頑固になるんだよ。亡くなった親父もそうだった。大目に見て優しくしくしないとダメだぞ」

「じゃあ俺がここを掃除するから、親父が山椒屋に行ってきてくれよ」

「なんで俺が？　冗談だろ」

「じゃあ俺が山椒屋に行ってくるから、親父がここを掃除してくれよ」

「だから、なんで俺が？　帰国したばっかりで疲れてるんだよ」

そう言って静夫は冷蔵庫を開け、中を物色した。

「親父はいったいなんのために帰ってきたんだよ」

「そんなことよりなんかないのか。腹減ってるんだよ」

「それマジで言ってる？　しょうがねえなあ。ったく。まっ、親父も歳だし帰国したばかりで疲れてるのは本当だろうから、今日だけは特別だぜ。クリームシチュー温めようか？」

「おっ、姉さんが作っていってくれたのか？」

「あの人、そこまで親切じゃないよ。俺が作ったんだよ。それとトーストでいいね」

引きこもってだらだら暮らしているとばかり思っていたが、いやにてきぱきしている。

「正樹、なんだかいきいきしてるな」

「あんたに褒められても嬉しくねえよ」

「別に褒めちゃいないよ」

「あっそう。座ってないで、パンくらいは自分で焼けよな」

＊

桃佳は、久しぶりに美容院に来ていた。

今日は髪を明るい色に染めてみようと思う。次の休日は亮一とデートだ。

ディズニーランドは自分から誘った。友人として誘ったのだと示すために、あらかじめ考えておいた理由を言った。

——三十歳を過ぎて恋人もいないとなると、行きづらいんですよね。ああいうところに女同士で行くのは中高生ばかりでしょう。私と同じくらいの年齢の女の人なら、恋人同士か、そうじゃなければベビーカーに赤ちゃんを乗せてるか。自分にはどれも無理。だけど、たまには行ってみたいんです。福田さん、協力してくれません？

実際は中年の女性同士もたくさん見かける。しかし、亮一の日々の言動からすると、そういうことには疎《うと》いだろうと推測された。

――そういうの、わかる、わかる。

亮一は笑って応えてくれた。

――こういう職場で働いてると、たまにはそういうとこ行くの精神的にいいかもな。明るい未来が待ってる気がするからね。まっ、錯覚だけどさ。

――じゃあ、一緒に行ってくれます？

――うん、行こう。いい天気になるといいなあ。

遠くから見つめているだけでいい。

ディズニーランドでのデートも、たぶん一回きりだ。

「まだお若いんですから、こういう色はどうでしょう」

美容師が色見本を指し示す。

まだ若い？　そんなこと言われるようになったことが、もう若くない証拠だ。

来月、三十一歳の誕生日を迎える。

「ちょっと明るすぎるかな」

「そうですか。じゃあこのくらいの色はいかがですか」

みずみずしい肌をした若い美容師が尋ねる。

「そうね、それでお願いします」


その夜、テレビを点けると、七十歳死亡法についての討論番組を放送していた。

ひとりの男性が立ち上がって発言しているところだった。胸につけた名札に、〈河田義雄　七十八歳　無職〉と書かれている。

「我々だって若いときには大変苦労してきたんです。それが今はこうやって楽に暮らせている。だから、先ほど発言されたお嬢さんも、それほど老後を心配することはないんですよ。なんとかなるもんですよ、人生なんて」

そう言いながら、若い女性に笑顔を向けた。かわいくてたまらない小動物を見るときのようだ。

カメラが女性をアップで捉える。胸の名札には〈佐藤洋子　二十歳　保育士〉とある。

「冗談じゃありません」

若い保育士は老人を見据えた。「そんなの本気にしてのんびりかまえてたら飢え死にしますよ」

さっきの老人が、はははっと声を出して笑う。

それを見た保育士の女性は、怒りを抑えた声で言った。

「今の冗談で言ったんじゃないですよ。つい最近も、生活保護がもらえなくて餓死したニュースがあったでしょう。お年寄りと若者の考え方の違いというのは、優遇されている世代とそうでない世代の差そのものなんですよ。私の言ってることわかりますか？」

老人の表情から笑顔が消えていた。かわいさ余って憎さ百倍とでも言いたげな、苦々しい表情に変わっている。

いるいる、こういう男性。

どこで働いても、いつもこの手の男性に悩まされる。

——女のくせに生意気だ。

こう思われたら最後、好々爺《こうこうや》がセクハラ男に変わる。こういう男性に限って、自分が尊敬されているかどうか、馬鹿にされていないかどうかを始終気にしているから始末に負えない。職場でストレスが溜まる原因は、こういうところにもあるのだった。

「お嬢さん、そんなかわいげのないことじゃあボーイフレンドもできないよ」

出た、出た。

男性アナウンサーが慌てた様子で目をぱちくりさせている。

「いやいや、そういう言い方はセクハラと申しますか、河田さん、あのう……」

老人に呼びかけてはみるが、そのあとが続かない。

「私、彼氏と同棲してますけど、それがなにか？」

保育士がにこりともせず言い放った。

テレビを見ていた桃佳は思わず噴き出した。確かにかわいげないかもね。

「発言続けていいですか？」

彼女が尋ねる。

「はいどうぞお願いします」

アシスタントの女性アナウンサーが素早く答えた。

「あのですね、今までのように、老人ばかりに税金を使う時代を早く終わらせてほしいんです。私たち若者の薄給の中から、豊かな老人に払う年金を天引きしないでください」

「なるほど。若い人からの貴重なご意見でした。では、ほかに誰か」

男性アナウンサーがスタジオをぐるりと見渡す。

「ちょっといいですか」

そう言って手を挙げたのは、〈飯田妙子　専業主婦　三十八歳〉の名札をつけたロングヘアのきれいな女性だった。

「こないだPTAの仲間とも話したんです。子供に対する国からの手当ては要らないんじゃないかって。だって国の将来を考えると、こんなのもらっていいんだろうかって。お金持ちには取るに足らない額だし、貧困な家庭には焼け石に水みたいに少ないし。だけど、全国規模で見ると数兆円になるんでしょう？　もとは税金なわけでしょう？　もっと有意義なことに使ったらどうかって思うんです。でもね、みんな口ではそう言っても実際に受け取らない人なんていません。仲間内でひとりだけお金持ちの社長夫人がいるんだけど、彼女だってきちんと申請して受け取ってますもん。で、私思うに、みんながもらっているからもらわなきゃ損、みたいな考えってどうなんだろうって。損とか得とかって言葉自体、あんまり上品じゃないなって。そんなことつらつら考えてたら、最近急に年金を返上する老人が増えてきたって知って、やっぱり老人て尊敬できるかもって初めて思いました。ためしに今年度分の児童手当だけでも児童養護施設かなんかに寄付してみようかと夫と話し合ってるんです」

「素敵なお話を聞かせてくださいました」

男性アナウンサーが穏やかに微笑む。

「それでは、今日のゲストでもある小説家の山口里子《やまぐちさとこ》さんにお話をうかがいたいと思います。

聞くところによりますと、山口さんも寄付を考えていらっしゃるとか？」

「そうです。若いころほどではありませんが、私は今でも細々と小説を書いております。夫は国立大学の教授をしておりましたが、定年退職後は私立大学でお世話になっておりますものですから今でも夫婦ともに収入があるんです。決して資産家ではないですけれども、残された二年では使いきれない程度には財産がありまして、私どもには子供がおりませんでしょう。だから財産をどうしたものかと夫婦で話し合ったんでございますよ。夫側の親戚に甥や姪がいることはいるんですが、冠婚葬祭の折に何度か会っただけで、親しいわけじゃあないんです。このままでは彼らに財産が渡ることになるわけですけれども、それもあんまり良くないなあと思いましてね。古い考えだと思われるかもしれませんが、やはり人間は努力して財産を築き上げるべきで、なにもしないで親戚からぽんと財産が転がり込むと、逆に甥や姪の人生を狂わせることにもなりかねませんでしょう。だから寄付することにしたんでございます。少し前までは寄付をするなら老人ホームと思っておりましたが、七十歳死亡法とともに老人ホームの大半は消えてなくなりますでしょう。夫が言うには小中学校の施設の充実に使ってもらおうじゃないかと。それもそうねと意見が一致したんです。日本の財産は人でございましょう？　その根本は教育ですからね。先日政府に問い合わせをしましたら、私どもの趣旨をきちんと生かしてくださるとのお答えをいただきましたの」

「うーん、またもや心温まるお話でしたね。日本人には譲り合いの精神というものがありますね。なんだか嬉しくなります」

「私にもちょっと言わせてください」

紳士然とした白髪の男性が手を挙げた。ステッキと山高帽が似合いそうな老人だ。

「私どもは七十歳死亡法に断固反対なんです。それで、ご近所の仲間二十五人が集まって〈田園調布七十歳同盟〉を作ったんです。ちなみに平均年齢は七十六歳です。我々は、長寿を全うしても日本が立ち行く方法はないものかと日々模索しておりましてね、ああ、もちろん年金はお国に返上しましたよ。長年に亘って納めてきた厚生年金保険料を思えば悔しい気もしましたが、日本という母船が傾いているとなっては、そんなこと言ってられないからね。それに先週はね、メンバーそれぞれが家にある不用品を集めて、ガレージセールを行いましたよ。どこで噂を聞きつけたのか、宝石商や骨董品屋までが押しかけてきましてね、思いもしない高額な売上げになったんです。その全額を、児童養護施設の充実に限定して国に寄付したんですよ。つまりね、みんなが譲り合えば、七十歳死亡法なんかなくても国家財政は安泰なんですよ」

「私もみなさんのご意見をちょうだいしまして、これほど寄付金が集まるのなら、七十歳死亡法などなくても日本はなんとかなるのではないかと頼もしく思い始めておりました」

男性アナウンサーが嬉しそうに言うと、老人は続けた。

「あんな法律はやはりいけません。人間の道を外れていますからね。だけど、あの法律ができたおかげで、国の経済状態を真剣に考えるようになったんですから、意味はあったんでしょうなあ」

老紳士は、すでに法律が廃止になったかのような言い方をした。

今さら廃止になるなんてことがあるのだろうか。そうなったら、寄付してしまった人は後悔するのでは？

桃佳の心配をよそに、スタジオのムードが妙な明るさを帯びてきていた。

「思いやり、温かさ、譲り合い。やはり日本人は素晴らしい。このままいけば、七十歳死亡法が廃止される可能性も見えてきたんじゃないでしょうか。えっと……え？　ああ、そうですか、少し時間が余ったようなので、視聴者のみな様から届いたＦＡＸをご紹介いたします。たくさんいただきました。ありがとうございます」

男性アナウンサーがそう言うと、カメラは女性アナウンサーに切り替わった。

「ではその中から一通を読ませていただきます。栃木県にお住まいの六十代の男性からです」

――七十歳死亡法について、世間では非難囂々《ごうごう》のようですが、私は大賛成です。財政改革により病床数が削減されたせいで、いつまで経っても老人介護施設は満杯状態。五百人待ちから一歩も前へ進みません。うちの家系はみな丈夫で長生きです。認知症の私の父は九十歳ですが、女性を見ると誰彼かまわず欲情します。いやがる女性の体を触りまくり押し倒そうとするのです——

読みあげる女性アナウンサーの目が、一瞬だが宙を泳いだ。

「あっ、すみません」

そう言って、急いで紙に目を落とす。

——ベッドに縛《しば》りつけておくほかありません。私は外見も性格も父に似ています。認知症が遺伝するものかどうかは知りませんが、私も遠くない将来、父と同じようになるのかと思うと絶望感でいっぱいになります。息子や娘に同じ苦労をかけるのではないか、だったら認知症を発症する前に死にたい。老老介護は苦しく、今では孫まで総動員する現状です。子供だけでなく孫まで犠牲にしてもいいものでしょうか。そんなとき、この法律は私にとって朗報以外の何物でもありませんでした。自殺せずとも安楽死ができる。そして子供に迷惑をかける心配もない。となれば、残りの人生を大いに楽しもうと思えるようになりました。将来に不安がないということが、こんなにも心穏やかになれるものだとは知りませんでした——

「えっと……」

男性アナウンサーは明らかにむっとしていた。きっとこう思ってる。

——せっかくいい雰囲気で番組を終われそうだったのに、よりによってこんなＦＡＸ読ませやがって……。

「お父様を責めるのは酷というものでしょう」

どこかで聞いたことのある声がした。

カメラがとらえたのは、人情家で有名な野党議員の女性だ。

「浅丘さん、どうぞご意見を」

男性アナウンサーが助けを求めるような声で呼びかけた。

「今の方のような場合ですと、介護する肉親側が精神的に耐えられないわけです。だからこそ福祉の充実が必要なんです」

「浅丘さんは七十歳死亡法に反対の立場を貫いておられたのでは？」

「もちろんです」

「だったら、日本経済の行き詰まりを解消するための法律のわけですから、そこで老人福祉の充実というのは矛盾するのではありませんか？」

「なにごとも前向きな気持ちが大切なんです」

「は？　前向きとおっしゃいますと？　え？　もう時間がない？　それではまた来週」

亮一もこの番組を見ただろうか。

老人大国であるおかげで、今後も二人の間には話題が尽きることがなさそうだ。

＊

峰千鶴の声で顔を上げると、自動ドアが開き、沢田がこちらへ向かってくるところだった。昼どきのファミリーレストランは、サラリーマンや子供連れの若い母親たちのグループで混雑していた。

「来たわ」

「お待たせ」

沢田ははにかんだような笑顔を見せた。むくみもすっかり取れ、中学生のころを彷彿《ほうふつ》させるかわいい顔立ちに戻っている。

あれから千鶴と二人して沢田のアパートに通い、説得を続けて未来電機を辞めさせたのだった。辞めたら食べていけないと抵抗していた沢田だったが、根気よく話し合った結果、過労死したら元も子もないという当たり前の考えをやっと受け入れてくれた。少しなら貯えがあるというので、当分の間、〈食べては寝る〉の日々を過ごすことを勧めた。それが体力気力を復活させる早道だと思ったからだ。

「君たちといると、なんだか中学時代に戻ったみたいだよ」

そう言いながら、沢田は旺盛な食欲を見せた。

そのとき、千鶴の携帯がまた鳴った。食事の間、何度もかかってきている。

「もしもし、それはもう発注済みだから、あとは任せるよ。じゃあよろしく」

リフォーム・ミネの従業員かららしい。

「こんな時間に店を抜けてきて大丈夫だったの、峰さん」

沢田が心配そうに尋ねる。

「頼りにしてた従業員が先月いきなり独立しちゃってさ、今ちょっと大変なの。でも、今の電話でだいたい片づいたわ。そんなことより沢田くん、顔色がよくなったわね」

「おかげ様で。俺が元気になったと思ったら、今度は宝田、おまえ、なんだか疲れてないか」

「実は寝不足でね。というのも……」

母が家を出て行ったことや、親父とふたりでおばあちゃんの介護をしていることを話した。

「意外だな。あのお母さんが出て行くなんて」

「あら、沢田くんは宝田くんのお母さんのこと知ってるの？」

「中学のとき、しょっちゅう宝田の家に遊びにいってたからね。だけどあんなきちんとした感じの人が寝たきり老人を放って家を出て行くなんてよっぽどのことだな」

「介護が相当きつかったんでしょうね」

「うちのおばあちゃんときたら、頭の回転は速いし、一日中テレビ観てるから知識は豊富だし、口を開けば辛辣《しんらつ》だし、もうほんと憎らしくなる」

「トイレはどうしてるの？」

「オムツしてる」

「オムツは誰が替えてるの？」

「家には俺しかいないから、だから俺だよ」

そう言うと、千鶴も沢田も驚いた顔でこっちを見た。

「へえ、意外。おまえにそんなことができるなんて。そういうことからは誰よりも遠いところにいるやつだと思ってたよ。峰さんもそう思わない？」

「思わないよ。宝田くんは本当はすごく優しい人だもん」

そう言ってこっちを見つめる。どぎまぎした。

「ところで宝田くんのおばあちゃんは、なにをして一日を過ごしてるの？」

「テレビ観たり、本を読んだりしてる」

昨日はアルバムが見たいというので、おばあちゃんの部屋に大量のアルバムを持ち込んだのだった。

――正樹もここにいてちょうだい。ひとりで見るのは嫌なのよ。

おばあちゃんはそう言った。

――なんでだか、ひとりで見るとつらくなるの。だけど正樹と一緒なら笑いとばせるわ。

二人でアルバムをめくりながら、ああだこうだと当時を思い出しながら盛り上がった。

「で、テレビを観るのは寝たまま？」

「いや、ベッドの上に座って見てる」

「じゃあ上半身はしゃんとしてるんじゃないの？　どうして車椅子を使わないの？　車椅子でトイレまで行くことができれば介護もずっと楽よ」

「そういえば、なんで車椅子を使わないんだろう。たぶん廊下が狭くて無理なんだと思う」

「小型の車椅子もあるよ。うちの店でも取り扱ってるから、なんなら安くしとくけど」

「峰さんは商売上手だなあ」と沢田が笑う。

「だって七十歳死亡法のおかげで商売あがったりなのよ。要介護老人が今後は激減するわけでしょう。頭が痛いわ」

翌日、千鶴は自分で軽トラックを運転して宝田家にやって来た。

髪を後ろで束ね、〈リフォーム・ミネ〉と刺繍されたグレーのジャンパーを着て、颯爽《さっそう》としている。

「これはこれはいらっしゃい」

玄関には親父まで出てきて満面の笑みで出迎えた。「正樹にこんなかわいいガールフレンドがいたなんて知らなかったよ」

誤解しているらしい。

「では早速ですが、おうちを拝見させていただきます」

千鶴は手のひらサイズの機械を持ち、廊下のあちこちに光を照射し始めた。

「その機械はなんですか？」

親父が興味深げに尋ねる。

「レーザー距離計です。メジャーを使うよりずっと簡単で正確に図れるんです」

「ほう、そりゃあすごい」

親父はなにを考えているのか、いつになく愛想がいい。

「この廊下の幅ですと、車椅子は無理かもしれませんね。幅の狭い車椅子もあるにはあるんですが、それでもたぶん無理だと思います、廊下の幅を広げるのは大規模工事になりますし」

そう言いながら、千鶴はトイレや浴室ものぞき、てきぱきとメモを取った。

「奥がおばあちゃんの部屋なんだ」

ノックをすると「はい、どうぞ」とよそゆきの高い声がした。千鶴が来ることは昨日から伝えてある。

「お邪魔します」

「いらっしゃい。こんなかわいらしいお嬢さんがいらっしゃるとはね。正樹、お似合いよ」

「だから、そんなんじゃないんだってば。たまたま同級生で……」と言いかけたとき、「どうもありがとうございます」と千鶴は応えて、おばあちゃんににっこりと微笑んだ。

「それにしても、お袋はなんで今まで車椅子を利用しようとしなかったの?」

「だってしーくん、私は外出しないもの」

「おばあちゃん、たまには外に出たいと思うことないのかよ」

自分だって外に出たくてたまらなくなるときがある。そういうときは夜中にコンビニやレンタルビデオ屋に行く。おばあちゃんはここ何年も家から出なくて、平気なのだろうか。

「そりゃあ、たまには外出したいけど、車椅子に乗ってる姿を知り合いに見られたら惨めだもの」

「お向かいのおじいさんは、車椅子であちこち出かけてるよ」

二階の自分の部屋は道路に面しているから外の様子がよくわかる。特に、向かいの家のおじいさんが出かけるときは大騒ぎになるから、いやでも耳に入ってくる。というのも、道路から玄関ドアまでは三段ほどの石段があり、おばあさんとおばさんとで車椅子を下ろすのだが、たった三段とはいえ大変なのだ。危なっかしくて見ていられない。

「東洋子さんたら、どうしてそういうことを教えてくれないのかしら。意地悪ね」

「もし知ってたら、おばあちゃんも車椅子で散歩した？」

「それはなんとも言えないけど」

「角っこの山路《やまじ》さんのおばあちゃんも毎朝、犬を連れて散歩してるよ。大きな犬に引っ張られて、半ばジョギングって感じもするけど」

「本当？　あの歳で走れるの？　あの人、私より年上なのよ」

「歳の割には筋肉ありそうなふくらはぎだったよ」

それもこれも二階のカーテンの隙間から見た光景だった。

「ふーん」

おばあちゃんは暗い顔をした。余計なことを言って落ち込ませてしまったのかもしれない。

「窓から見える年寄りは元気に決まってるよ。だって、外を散歩している人しか見えないんだから」

急いでつけ加えてみたが、おばあちゃんの表情は晴れない。

「外出用に車椅子を購入されてはいかがですか？　外出できるようになれば気分も晴れますよ。パンフレットも持ってきましたから検討なさってください。それと、この部屋の押入れか床の間を洗面所兼トイレに改造したらどうかしら」

千鶴の提案に、全員が驚いた顔をした。

「ずいぶん大胆な発想だね」と親父。

「そんなことありませんよ。介護リフォームには多い事例です。それと、その縁側にお風呂場を作ってもいいし」

「あのね、ゆうべも正樹には話しておいたんだけど、せっかく来てもらって悪いんだけどね、リフォームするつもりは全然ないのよ。費用だって馬鹿にならないでしょう？」

「お袋、お金はいくらかかってもいいじゃないか。たくさん預金もあるんだし」

「しーくんまでなに言ってるの。私はあと二年の命なのよ。ううん、もう一年十ヶ月になったわ。どうせ死ぬのにもったいないわよ。その分、明美や清恵に遺してやった方がいいわ」

「リフォームすれば生活の質がぐっと向上しますよ。たとえば、縁側から庭に出るスロープをつけたら、ひとりで庭に出られるようになります」

「えっ、庭に？　ほんと？」

おばあちゃんの目が一瞬だけ輝いた。「でも、やっぱりよすわ。あとたったの一年十ヶ月だもの。もったいないわよ」

「トイレに行きたくなったらおっしゃってくださいね。今日は私がおんぶして連れてって差しあげますから」

「えっ？」

おばあちゃんと目を見合わせた。

「そういう方法もあったのか……」

なんと単純なことに気づかなかったのだろう。いや、母は気づいていたのかもしれない。ただ、ここまで太ってしまうと、母がおんぶするのは無理だったのだろう。夫と息子という男手がありながら、頼むことをあきらめてしまっていたのか。

「私は日ごろから身体を鍛えてますから、おばあちゃんをおんぶするくらいどうってことないです。オムツはまだおばあちゃんには早いですよ。頭だってしっかりしてらっしゃるし、そもそもそうやってベッドに起き上がれるくらいの筋力があるんだもの。もしよかったら、幅の狭い車椅子を特注しませんか？　少しお値段は張りますけど、同級生のおばあちゃんというよしみでできる限りお安くさせてもらいます。廊下の段差を取れば、キッチンにも行けるし、そしたら車椅子に座ったまま自分で簡単な料理くらいは作れるようになるかもしれません。もしも二階へ行きたいとおっしゃるなら家庭用エレベーターという手もあります。これもうちで取り扱っていますから一応見積もりに入れておきますね。もちろん宝田くんのおばあちゃんのためですから格安にしときますよ」

「あらあ、夢みたいだわ。だけど結構よ。何度も言うようだけど、もうすぐ死ぬんだから」

「ドアは全部引き戸に替えるといいですよ。そうすれば車椅子のまま出入りできますし」

千鶴の口から次々に提案が飛び出す。「もしかしたら、頑張れば杖で歩けるようになるんじゃないかしら。家中に手すりをつけて歩行訓練してみたらいかがでしょう。かなり根性いりますけどね」

おばあちゃんも強情だけど、千鶴もかなり強引だ。

おばあちゃんの顔からは愛想笑いも消えていた。

「あなたね、ちょっとしつこいわよ」

おばあちゃんは、はっきりと言った。

「それより、お声がお若いですね」

千鶴はいきなり話題を変えた。

「ありがとう。よく言われるのよ」

言いながらも、おばあちゃんの表情には警戒心が表われている。

「声が細くてよく通るから聞き取りやすいです。朗読の仕事、なさいませんか？」

「私が？」

　おばあちゃんが驚いて千鶴を見る。

「目の不自由な人のために、本を朗読してCDに吹き込むんです。お金にはなりませんけどね。おばあちゃんのお声、味わいがあっていいと思うわ」

「お金にはならないってことは、つまり、それは……」

「ええ、ボランティアってことになりますね」

「ということは、もしかして裏の法律にも効くってことかしら」

　おばあちゃんが尋ねると、千鶴は意味ありげな顔でゆっくりと深くうなずいた。

「ほんと？　ほんとに？」

　なんだか知らないけど、おばあちゃんの目が輝いている。

「お袋、その裏のなんたらってなんだよ」

　親父が尋ねたが、おばあちゃんは真剣な目で千鶴を見つめたままで、返事もしない。

「おばあちゃん、その裏の法律っていうのはなんのこと？」

「ふん、知ってるくせに、みんなで年寄りを馬鹿にして」

「ほんとに知らないよ。聞いたこともないし。峰さん、なんのこと？」

尋ねると、千鶴はいきなり目を逸らし、小さな声で言った。

「私もはっきりとは。聞いたことあるようでないような」

ついさっきまでのはきはきしていた千鶴とは違い、しどろもどろになった。顔も上気して赤くなっている。いったいどうしたというのだろう。

「とにかく見積もり、急いでちょうだい」

「お袋、見積もりってなんの？」

「だからリフォームよ」

「え？　リフォームはしないんじゃないの？」

「するわよ。しーくんは反対なの？」

「俺はさっきから勧めてるじゃないか」

「どのリフォームをなさいますか？　私がさっきご提案申し上げたものは、まず、このお部屋を改造してトイレを新設することと、それから……」

「全部よ、全部」

「ありがとうございます」

峰は深々と頭を下げた。

「自分のことはなるべく自分でできるようにしたいの。そのためならいくらかかってもいいわ」

その夜のことだった。

「しーくん、また今夜もインスタントラーメン？」

今日は親父が炊事当番の日である。

「白菜と玉子を入れたから、昨日と違って豪華だよ」

親父がそう答えると、おばあちゃんは不満そうな顔を隠しもせずに続けた。

「塩分が多いからいやなのよ。あーあ、東洋子さんがいればなあ。あの人は一度だってインスタントラーメンなんて出したことなかったわ」

大袈裟にため息をついてみせる。「明日からは野菜中心のメニューにしてくれなきゃいやよ。薄味にしてね。それとね、シーツもそろそろ取り替えてもらえないかしら」

「こないだ替えたばかりじゃないか」

「もう一週間も経ってるわよ」

「シーツなんて一ヶ月に一回で十分だよ」

「しーくんたら変わったわね。親をないがしろにして」

そう言っておばあちゃんは目に涙を溜めた。

「おばあちゃんが車椅子に座っててくれれば、シーツだってぱぱっと交換できるようになるよ」

「そう言われればそうね。車椅子が届くのが楽しみだわ」

「それにしても、あの子いい子じゃないか、正樹」

「そうねえ、ああいうさっぱりした気性のお嬢さんがうちにお嫁に来てくれれば言うことないわね」

「お袋も俺と同じこと考えてたんだな。正樹、峰さんは料理は上手なのか？　あの子が嫁に来てくれれば、おばあちゃんにおいしい食事を出せるし、家の中もきれいになるんだがなあ」

「おいおい、親父、峰さんを母さんの代わりにするつもりかよ。いい加減にしてくれよ。だいたいさあ無職の男と結婚する女がいるかよ。それに、万が一いつか誰かと結婚することがあっても、この家に同居するわけないだろ」

その翌日、引き戸や手すりの見本を見るために、正樹はリフォーム・ミネに行った。

想像していたのよりずっと大きな店だった。奥へ通されると、従業員の中年女性がお茶を運んできてくれた。

「峰さんは仕事にやりがいを感じてるんだね」

昨日、家に来たときのテキパキとした様子を思い浮かべて言った。

「うん、今はとっても楽しい。実は私も最初は大手の建材会社に勤めてたのよ。親の商売を引き継ぐなんて真っ平ごめんだと思ってたけど、父が入院しちゃったでしょ。いやいや継いだんだけど、意外にも性に合ってたみたい。なんといっても自分の裁量で仕事ができるからね」

「仕事を楽しんでるやつなんて今まで会ったことがないよ。峰さんが初めてだ」

「そうかあ。それって、考えようによっちゃあ恐ろしい世の中だよね」

「ところでさ、朗読の仕事のことだけど、おばあちゃんはすごく気儘《きまま》だから迷惑かけるかもしれないよ」

「大丈夫よ。朗読ボランティアをやれば、きっと変わると思うよ。仕事は人を変えるよ。たくさんの年寄りを見てきたけど、自分もまだ人の役に立てるんだって実感できると、生きる意欲を取り戻すみたいよ」

「へえ」

まじまじと峰千鶴の顔を見てしまった。

中学生のころから、自分の女性を見る目は確かだったらしい。

「やだ、照れるじゃない。そんなに見つめないでよ」

肩を思いっきりはたかれた。「宝田くんはリフォームの仕事には興味ないの？」

「あるある。俄然《がぜん》興味湧いてきたよ。バリアフリーって奥が深そうだもんな」

「ほんと？　よかった。ねえ、どうかしら」

「どうって、なにが？」

「私ね、婿養子募集中なのよ」

「は？」

「やだ、とぼけちゃって。本当は中学時代から私の気持ちに気づいてたくせに」

「えっ、知らなかったよ。そういうことは言ってくれなきゃ」

「言えるわけないじゃない。あのころの宝田くん、スターだったじゃない。すごく目立ってた。頭脳明晰スポーツ万能。そのうえ美形だし」

「今は中学時代とは全然違うよ。俺のこと買いかぶってると思う。だっていい歳して無職で親の脛かじりだし」

「ちょうどいいじゃない」

どういう意味だろうと千鶴を見ると、千鶴は恥ずかしそうに目を逸らした。「だってエリートサラリーマンだったら一緒に家業をやっていってくれるわけないんだから、私にとっては宝田くんの今の状況がチャンスのわけよ。それにね、思春期のころの強烈な憧れってなかなか消えないもんよ」

＊

桃佳は休憩室でジュースを飲みながら、亮一を相手に愚痴をこぼしていた。

「弟は祖母の介護を私に押しつけようとしたんですよ。ほんと呆れちゃいます」

「まあ、そう言わずに、宝田さんもたまには実家に帰って、弟さんを手伝ってあげれば？」

「どうしてですか？　弟は働いてないんですよ。いつも家にいるんです」

「姉は外に働きに出ている。弟はどこにも勤めず家にいる。だから家にいる弟が老人の介護を一手に引き受けるのは当然だ」

亮一は宙を見つめて、まるで文章を朗読するように言った。

何が言いたいのだろう。

「宝田さんの言ってることは、サラリーマンの夫と専業主婦の関係に似てないかな？」

「え？」

「今さっき僕が言った〈姉〉と〈弟〉の部分を、〈夫〉と〈妻〉に置き換えてみたらどうなる？　夫は外に働きに出ている。妻はどこにも勤めず家にいる。だから家にいる妻が老人の介護を一手に引き受けるのは当然だ」

「あっ」

「君から聞いている話では、お母さんは追い詰められて、君に頼ろうとしたんだったよね」

「そうです。少しでいいから手伝ってちょうだいって言われるのならわかるんですが、会社を辞めてほしいとまで言われたんです」

「精神的にも体力的にも限界だったからだろうね。現にすべてを捨てて家出してしまったくらいだから」

「弟の言い方も母のに似てました。協力してほしいっていうんならまだしも、交代してほしいといった感じでした。だから、冗談じゃないって断ったんです」

「要は今、お母さんの苦労を弟さんひとりで背負ってるんじゃないの？」

「そうかもしれません。父が帰国したとはいうものの、うちの父はなにもできない人だから」

「弟さんだって、家事や介護には慣れてないだろ？　それを考えると、お母さんの何倍も大変だと思うよ」

「だからといって……」

交代するのはどう考えてもいやだった。やっと慣れてきた仕事を失ってしまうのも惜しいし、亮一と会えなくなってしまうのもつらい。

「宝田さんは自分の仕事に支障のない範囲で協力してみたらいいんじゃないかな」

「そうしないと、このままじゃあきっと弟もいつか母のように行き詰まる日が来ますね」

「おばあちゃんを入浴させてあげたらどう？　よければ手伝うよ」

「本当ですか？」


実家に帰ってきたのは久しぶりだった。今回は亮一も一緒だ。

父には、入浴介助のベテランである職場の先輩を連れて行くと話しておいた。

玄関をくぐると、父と弟が出迎えてくれた。

父は「おかえり」と言いながら、亮一を見て驚いた顔をした。

「入浴介助がうまい先輩って、こちらの方？　てっきり女の人だと思ってたよ」

まっすぐに、祖母の部屋へ向かった。

「桃佳、久しぶりね。元気だった？　少し痩《や》せたんじゃないの？　悪いけど、人前で真っ裸になるなんて絶対にいやよ」

「これ見てよ、おばあちゃん」

用意してきた入浴用のツーピースを見せる。

「これを着たままお風呂に入っていいの？」

祖母は尋ねながら手に取り、生地をさすったり、裏返したりしている。大きめのタンクトップと、ウエストにゴムの入ったスカートは二重ガーゼでできている。

「大丈夫よ。隠しながら洗うんだから」

そう言うと、祖母の表情が和らいだ。

スイムスーツに着替えた桃佳が祖母を抱きかかえて湯船に入る。

「あー気持ちいい」

祖母は目を閉じた。「お湯の中に浸かるって、こんな感じだったのね。ずいぶん長いこと入ってないから忘れてたわ」

短パンにTシャツ姿の亮一は、洗い場にマットを敷いたり、持参の介助椅子をセットして待機する。

身体が温まったころ、湯船を出て洗い場に祖母を仰向けに置いた。身体を支えるのが亮一で、シャンプーをするのが桃佳だ。

洗髪が終わると、タオルに石鹸を泡立て、首周りや腕を洗う。桃佳が入浴用のタンクトップの下から手を入れて背中や胸を洗う。そして下半身も同様に丁寧に洗った。

「本当にすっきりしたわ。拭くのと洗い流すのとでは大違いね。ありがとう。やっぱりプロの介護士は違うわ」

風呂を出ると、廊下には芳ばしいコーヒーの香りが漂っていた。

台所に顔を出してみると、父がコーヒーを淹れているところだった。母がいたころには見られなかった光景だ。少しは父も家事をやるようになったらしい。

「桃佳、本当はどうなんだよ。福田亮一くんは恋人なんだろう？」

「ただの同僚だってば」

「だって、家に連れてくるってことは、結婚を前提につきあってるってことだろ？」

「だから違うってば」

つい最近、亮一は言ったのだった。

――俺の給料で妻子を養うのは無理だから、たぶん俺は一生独身だと思う。

その言葉を聞いた途端、寂しくて涙が出そうになった。この先ずっと自分も働くつもりなんだし、亮一と一緒にいられるのなら贅沢なんてできなくていい、貧乏暮らしでもいい。そう言いたかったが、亮一が自分をどう思っているのかわからないので言うわけにもいかなかった。

「そうなのか、俺はてっきり彼氏だと思ったよ。だったら桃佳、家に帰って来ないか？」

「どうして？」

「おばあちゃんも桃佳が来てくれてすごく嬉しそうだったし。桃佳がいればおばあちゃんの世話も任せられるだろ」

「そして自分は海外旅行？」

「そんな言い方するなよ。俺も今までずっと頑張って働いてきたわけだし、もうそろそろ楽したいよ。自分の時間もほしいしね」

「お父さん、甘いよ。私たちの世代は死ぬまで働かないと食べていけない世代なのよ。だからお父さんも死ぬまで働いてちょうだい」

台所でいそいそとコーヒーを淹れる父を見て、今度こそ改心したと思ったのに違った。人というものは、そうそう簡単には変われないらしい。

*

東洋子は、ＪＲ上野駅構内にある駅弁売場にいた。

「これください」

スーツ姿の中年男性が、焼肉弁当と缶ビールを差し出した。

「はい、ありがとうございます」

明るく返事をして受け取ったはいいけど、レジスターは、最初どのキーを押すんだっけ？

緊張のあまり、頭の中が真っ白になってしまった。今朝、教えてもらったばかりなのに思い出せない。東洋子がまごついている間、男性客は急いでいるのか、せかせかと財布から千円札を二枚抜き取りこちらに突き出した。

「えっと、焼肉弁当とビールで合計すると」

八百七十円と三百六十円だから、足したら、いくら？

わからない！

レジの使い方がわからないから、急場しのぎで自分の財布から釣銭を出そうと思ったのに、焦ってしまって暗算もできなくなっている。

「あの……ごめんなさい。少々お待ちください」

慌ててエプロンのポケットから電卓を取り出す。

「宝田さん、私がやるよ」

そのとき、ベテラン販売員の神野《かんの》綾子《あやこ》がすっとレジの前に立った。ベテランといっても、まだ二十三歳だ。「千二百三十円になります」

てきぱきとレジを打ち、釣銭を渡す。

「宝田さん、袋に入れて」

「あっ、はい、すみません」

ぼうっと突っ立っていたらしい。急いでレジ袋に弁当と飲み物を入れる。

客が去ったあと、娘のような年齢の綾子に頭を下げた。

「ごめんなさい。ほんとすみませんでした」

朝から緊張しっぱなしで口の中がからからに渇いている。

「しょうがないよ。最初はみんなこちこちになって、わけわかんなくなっちゃうんだよね。私もそうだったよ」

優しいことを言ってくれる。本当に助かる。ここで罵倒《ばとう》されたりしたら、次の客のとき、さらに緊張してしまうところだった。

「ありがとうございます」

「わかんないことは遠慮なく聞いてね。誰だって一度じゃ覚えられないもん」

そう言って、綾子は笑った。

どうやら自分は人間関係には恵まれているらしい。アパートの住人の森園静世といい、今日から同僚となった綾子といい、いい意味で予想を裏切られてばかりである。どこもかしこも人間関係はギスギスしているのだろうと覚悟を決めていただけにほっとする。

携帯電話のカメラでレジスターを写真に撮った。どこになんのキーがあるのかを家で覚えてこよう。

「へえ、いいアイデアだね。そんなの考えもしなかったよ。宝田さんて頭いいじゃん」

綾子が感心したように言う。「私もそうすればよかったなあ。最初はなかなか覚えられなくて先輩に怒られてばかりいたんだよ。先輩がすごく気の短い人でさ、怒られるたびにパニクっちゃって」

しばらくすると、客足が途絶えた。

暇だったので、棚を整理したり、商品が見えやすいように並べ替えたりした。

「宝田さん、そんなに頑張んなくていいよ。いくら働いたってどうせ時給九百五十円なんだから、張り切るだけ損だよ」

綾子が苦笑しながら言う。

「暇に耐えられない性格なんです。お願いだからやらせてください」

客が弁当を買って行くたびに、きれいに並べ替えずにはいられなかった。朝からカツサンドと手毬《てまり》寿司ばかりが売れているから、見た目のバランスが悪くなるのだ。

長年、主婦をしてきたからだろうか、それとも生まれつきの性分なのだろうか。綾子のように、なにもせずにぼうっと時間をつぶすことがどうも苦手だった。

そうこうするうち、やることがなくなってしまったので、箒《ほうき》を出してきて店の前を掃除し、棚を雑巾で拭いた。こっそり携帯サイトでゲームをしていた綾子がふと顔を上げ、目が合うと呆れたように首を左右に振った。


その夜、東洋子はアパートの部屋で携帯電話を見つめていた。

なぜ正樹は電話してこないのだろう。

住所と電話番号を書いたメモが見つからないはずはないのだ。それとも、キッチンにさえ足を踏み入れていないのか？

あれから義姉の明美が毎日来て、正樹の夕食も作ってくれているのだろうか。

あのお義姉さんが？

まさか……。

思いきって自宅に電話をかけてみた。

――はい、宝田です。

はきはきした声だった。大学生だったころの正樹を彷彿させる。

それに、たったツーコールで出た。電話は台所に置いてあるのだ。正樹は台所でなにをしているのだろう。料理を作ってるとか？　あり得ない。

「もしもし、正樹なの？」

——母さん？　ほんとに母さんなの？

「そうよ」

——母さん、元気なの？

「元気よ。それより、おばあちゃんはどうしてる？」

——どうもこうも、もう大変だよ。おばあちゃんてすごく我儘で、やっぱりお母さんがいないと困るよ。

——おい正樹、ふきこぼれそうだけど、火、止めなくていいのか？

今の、夫の声？　日本にいるの？

——おい、その電話、東洋子からなのか？　ちょっと代われ。

——もしもし、東洋子か？

やっぱり夫だった。

「はい、そうです」

緊張した。怒鳴られるかもしれない。責められるかもしれない。

——俺だ。上野に住んでるんだってな。元気でやってるのか？

「まあ、一応」

駅弁売りの仕事を簡単に説明する。

──ほお、そうか、働いてるのか。

「お義母さんはどうしてらっしゃる？」

──こっちのことは心配いらないよ。介護も家事もやってみればたいしたことないな。

夫は、ははっと軽快に笑った。

「でも今さっき、正樹が大変だって言ってたけど」

──あいつそんな余計なこと言ったのか？　それはたぶんリフォームのことだ。お袋の部屋に洗面所つきのトイレを増設して、縁側にスロープをつける予定なんだよ。だから工事関係者との打合せやなんかでここのところ忙しかったんだ。でも、もうすぐ特注の車椅子も届くんだ。それさえあればお袋は家の中を自由に行き来できるようになるし、介護なんてどうってことないよ。

絶句した。

やっぱり自分などいなくてもよかったのだ。

いや、それどころか、いない方がよかったのだ。

自分がいなくなったからこそ、リフォームだの車椅子だのと改善を思いついたのだ。

自分がいなければにっちもさっちもいかないと思っていたのは思い上がりだった。

いつだったか、藍子が荒療治が必要だとアドバイスをくれたことがあった。そんなのは時代遅れの考え方だと一笑に付したが、自分の方が間違っていた。

東洋子はその場にへたり込んだ。

第六章　立ち向かう明日

早春。七十歳死亡法の施行まであと一年――。

宝田桃佳は、特養の近くのファミリーレストランにいた。

「もしもウンコがレモンの香りだったら、介護もずいぶん楽だと思いませんか？」

そう言うと、亮一は笑った。

仕事を終えてから、近くのファミリーレストランで一緒に食事をするのが最近の楽しみだ。

「宝田さんの発想はユニークだね」

食事をしながら便について話すなんて、この前までは考えられなかった。でも、今では便の処理から逃れられない環境で働いているから、ところかまわずふたりの会話に上るようになった。

亮一の祖母の心のケアについて、あれから桃佳は様々な工夫を試みた。仕事が終わると毎日病室を見舞い、宮沢賢治の絵本を見せながら朗読したり、オーディオプレーヤーを持ち込んでイヤホンでバロック音楽や日本の童謡を聞かせてあげた。それ以来、よく眠れるようになったと、主任の久子さんから聞いている。

「昨日の夜、こういうの書いてみたんですよ」

亮一に一枚の紙を見せる。

——尊厳死の宣言書
1．私が不治の病になったとき、延命治療は一切お断りします。
2．ただし、痛みを和らげる処置は実施してください。そのために死期が早まったとしてもかまいません。
3．私が植物状態になった場合は、生命維持装置を外してください。
「こういうのでお医者さんはわかってくれるでしょうか」

「よく書けてるよ。これに年月日と署名を添えれば完璧。俺も書いておくよ」

亮一の祖母は、亮一にとって唯一の肉親だ。祖母の傍にいられる職業を選んだことは、彼にとって嬉しいことなのだろうか。それとも苦しいことなのだろうか。たぶんどっちもだ。だけど嬉しさよりも、苦しみの方がずっと大きいと思う。彼はそのことに何年も耐えてきた。

「介護の仕事って、高い給料をもらわないと割に合わないと思うんです」

「確かにそうだね。介護の資格って本来は最難関であるべきじゃないかな。だってヘルパーはいろいろなことが求められるだろ？　例えば、寛大であることとか老人に対して礼儀正しいこと。それに、ある程度の医学的知識も必要だし、理学療法の知識もないとダメだし、それに栄養学も。数え上げたらきりがないよね」

「そして、臨機応変に素早く行動できること」

「そう、それに、物言わぬ相手の気持ちを汲《く》み取れること」

「老人は鬱状態に陥りやすいから、精神科医みたいな面も要りますよね」

「自分の気分を殺していつも明るく振る舞う。これが俺には難しいんだよなあ」

「私もそれはなかなかできません」

「考えてみればほんとに大変な職業だよな。それなのに低賃金」

「でも馬飼野総理なら、そのうちなにかいい案を出してくれるかもしれませんよ」

「だといいけどね。もしも俺の給料が人並みになったら、そのときは……」

「そのときは？」

「うん、まあ、なんていうか……」

「なんですか、言ってください」

「だから給料が人並みになってから言うよ」

「今、聞きたいんです」

「言わない」

「どうしても知りたいです」

「どうしても言わない」

「あっ、もうひとつの条件。介護職は力持ちでないといけません。私もずいぶん腕が逞《たくま》しくなりました」

「あっ、ほんとだ」

亮一は突然手を伸ばしてきて、桃佳の腕を触った。

どきどきした。

*

駅弁の売り子を始めてはや五ヶ月が経った。

初日はどうなることかと先が思いやられたが、意外や意外、最初の三日で慣れたのだった。レジスターも使えるようになったし、素早く暗算もできるようになった。気持ちが落ち着けば、難しいことなどなにもなかった。

そして、ひとつ大発見をした。子供のころから笑顔は苦手な方だと思ってきたが、商売と割り切れば自然に微笑むことができるのだった。これには自分でも驚いたし、嬉しい発見だった。

午後になり、主任がやってきた。今朝から今か今かと待ちかまえていたのだった。

「主任、仕入れの方法を変えてもらえないでしょうか」

思いきって声をかけた。

「というと？」

三十代の主任の男性は、驚いた顔で伝票から顔を上げた。

「どうしていつも、どのお弁当も同じ数だけ発注するんですか？　焼肉弁当がいつも大量に余って困ってるんです」

「あれ？　そうだったっけ？」

言いながら山岡《やまおか》主任は伝票をめくる。「そんなことないよ。昨日も一昨日も、焼肉弁当が特にたくさん余ってるとはいえないよ」

「それは私が必死で売ってるからです。でも、焼肉弁当を食べた人は二度とこの店には立ち寄らないと思います。売場の中で断トツにまずいですから」

「もしかして宝田さん、全部食べてみたの？」

「もちろんですよ。だって、おいしいかどうかわからないものを売るなんて無責任じゃないですか」

「俺、宝田さんみたいな人に初めて会ったよ」

「この焼肉弁当は、お肉は硬いわ、甘すぎるわ、辛すぎるわ、もう最悪でした。食べたあとは、いくらお茶を飲んでもずっと喉の渇きが収まらなかったんですよ。こんなの身体に悪いです。業者に改善を申し入れるか、別のところから仕入れるか、検討してください」

「わかった。問題を整理しよう」

そう言って、主任は腕組みをして宙を睨んだ。

その様子を、レジのところで綾子がにやにやしながら眺めている。

「そうだな。うん、そうしよう。それがいい」

主任は独り言を言いながらうなずいた。「来月から、仕入れの数は宝田さんが決めてください」

「私がですか？　私、パートですよ」

「知ってるよ。だって売り子は全員パートなんだから。俺は売上げを上げるためならなんでも試してみる主義なんだ。このままじゃ俺の馘も危ないしね」

そう言って主任は笑った。「ここ半年分の売上げ一覧表を明日には届けさせるから、宝田さん、検討してみてください」

「はあ、じゃあ一応やってみます」

「それと宝田さん、この焼肉弁当を作っている松竹梅食品に行って、味の指導をしてきてよ」

「それ、本気で言ってます？」

「宝田さんが適任だと思う。長年の主婦経験があるし、たぶん料理も上手なんでしょう？」

「上手と言えるかどうか。でも、まあ、ある程度は」

なんだか急に忙しくなりそうだ。でも、仕事に打ち込めるのは嬉しい。ひとり暮らしだから、家事の心配も介護の心配も要らない。一日二十四時間、全部自分のものなのだ。

「パートだろうが正社員だろうが、結局はやる気があるかないかだよ。宝田さんのおかげで俺も久しぶりに初心に返ることができたよ」

「私も初心に返ろっと」

綾子が真顔で言う。「しかし、言ってみるもんだね。ねえ主任、宝田さんは栄養士の資格を持ってるらしいよ。今度からカロリーも表示しようよ」

「それはいい考えだね。見た目は豪華なのに実はカロリーが低いっていう弁当が最近は売れ行きがいいらしいんだ。宝田さん、カロリー計算もやってくれる？」

「もちろんです。ついでに塩分と原材料の産地表示もやりましょう」


携帯電話が鳴った。

――お母さん、元気？

「桃佳なの？」

——この間、久しぶりに家に帰ったのよ。そしたら玄関入った途端にすごい臭い。やっぱりお母さんがいないと悲惨だね。台所には生ゴミがすごいし、おばあちゃんの部屋もかなり汚かったよ。

夫から聞いた話とずいぶん違う。

夫は強がっていただけなのだろうか。

「それは大変だったわね。桃佳も疲れたでしょう」

——なんで私が疲れるの？

「だって、台所の掃除やゴミ出しで、くたびれたんじゃない？」

——冗談でしょう。そんなことやらないわよ。

「だったら今、家の中はどうなってるの？　お父さんや正樹だけじゃあどうしようもないでしょう。台所を想像しただけでぞっとするわ」

——同情は禁物よ。お母さんの家出が水の泡になるわ。

「でもやっぱり女手がないとどうにもならないでしょ」

——オンナデ？　そんな言葉、もう死語だよ。

「それに、お父さんも正樹も何度も夜中に起こされてるんじゃない？」

——それはもうなくなったみたいよ。

桃佳の話によると、夫はお義母さんの部屋に布団を敷いて寝ているらしい。お義母さんは夜中に目が覚めても、すぐそこで夫の鼾《いびき》が聞こえるので安心してすぐにまた眠りに入れるのだという。

——お母さんがいなくなってから、おばあちゃん、すごく変わったよ。私とふたりきりになったとき泣いてたよ。お母さんに申し訳ないことしたって。

*

宝田正樹は、リフォーム・ミネの事務所にいた。

パソコンに向かい、見積書を作っている。峰千鶴とはこのままいけば結婚することになりそうだ。

見違えるように元気になった沢田登は、営業職の見習いとして千鶴のもとで頑張っている。三人で〈若葉党〉を立ち上げ、事務所の一角を本部とした。二十代、三十代の若手議員を国会に大量に送り出すのを目標としている。千鶴は党立ち上げと同時にマリンコ副大臣に会いに行き、協力を要請したのだ。マリンコ副大臣が快諾し、この事務所を訪ねて来てくれたのは先週のことだ。千鶴がこれほど大胆で行動的だとは知らなかったので、沢田とともに啞然としたのだった。

「そろそろテレビ始まるよ」

事務所の奥にある応接室から、千鶴の声が聞こえてきた。

今日は定休日なのだが、テレビ討論会に内閣のメンバーが勢揃いするというので、三人で一緒に観ようということになっていた。

七十歳死亡法が施行されるまであと一年となったが、明日の国会ではその法律が廃止に追い込まれるかもしれないという。なんと、馬飼野内閣自らが廃止法案を出したというのだ。

「馬飼野のやつ、いったいなに考えてんだか」と沢田は昨日からずっと怒っている。

「今日はめちゃくちゃ視聴率高そうね」と千鶴の表情も真剣だ。

――本日は、馬飼野総理大臣を始め、各大臣にもお越しいただきました。

いつにも増して鷹狩アナウンサーの目つきが鋭い。それに反して総理はいつもの優しそうな笑みを絶やさない。

――早速ですが総理、七十歳死亡法の法案を自ら作成され、十分な討議もないまま強行採決をなさった。それなのに施行の直前になって廃止しようとしておられる。これではいくらなんでも国民の理解を得られないのではないでしょうか。

――七十歳死亡法は日本の財政危機を救うために作りました。しかし、施行までの二年の間に、状況が変化してきたわけです。ご存じのように、寄付制度が確立されました。

総理が落ち着いた声で説明する。

——そうでしたね。あの制度は本当に良いことだと思います。

鷹狩アナが珍しく賛同した。

「うん、あの制度はいいよね」と千鶴もうなずく。

寄付制度はことこまかに細分化された。

例えば——。

〈子供部門〉の九一番といえば、親に虐待されて養護施設に入っている児童に対する寄付。

〈妻部門〉の五六番といえば、夫のＤＶから逃れ、隠れて暮らしている母子に対する寄付。

〈病気部門〉の二一番といえば、難病に苦しむ人への寄付。

というように、細分化され、ネットやコンビニなどからひと口百円で簡単に寄付できる仕組みを作った。それにより、財政悪化で予算が少なくなった部門も助かっている。

——冗談はやめてください！　私は家も土地も寄付してしまったんですよ。

突然大声を出したのは浅丘範子議員だ。人情家で有名な野党議員である。

——大丈夫ですよ、浅丘さん。

総理はゆったりとした調子で言う。

――なにが大丈夫なもんですか。何歳まで生きるかわからないとなれば、誰しも莫大《ばくだい》なお金が要るんですよ。

――浅丘さんのことは国が面倒見ますから。

――総理、それはどういう意味でしょう。

鷹狩アナが尋ねる。

――日本を福祉国家にするんです。これはアジアで初めての試みですよ。やはり日本はアジアのお手本でなければならないからね。

――総理、お言葉ですが、いくら寄付がたくさん集まったとはいえ、老人すべてを面倒見られるほど集まったわけではないでしょう。

――もちろんです。ご存じのように、寄付なんていう不確かなものに頼る政治なんかやっちゃいけない。人の善意を当てにするなんて、そんなのは政治家として失格です。

――まさか総理、税率アップで？

浅丘が気色《けしき》ばんだ。

――さすが浅丘さん、察しがいいですね。もちろん大幅アップということになります。

――総理、それでは次の選挙で負けてしまうのではないですか？

鷹狩アナの目が意地悪く光る。

——選挙に負ける？　税金を上げるから？　高福祉になるのと引き換えなのに？

総理は畳み込むように言ってから、にやりとした。

——いえ、もちろん税率にもよるとは思いますが……。

鷹狩アナが気圧《けお》されるなんて珍しいことだ。

——日本国民はそんなに馬鹿じゃない。七十歳死亡法ができたことで、老後の心配をしなくて済むということがどういうことなのか、骨の髄まで身に沁みてわかったはずだよ。

「その通り！」と沢田がテレビに向かって叫ぶ。

「増税するのが原因で選挙に負けるんなら、目先のことしか考えられない馬鹿な国民てことだよ」と千鶴も同意する。

——総理、そうなると、野党が黙っていないのではないですか？

鷹狩アナが言うが、浅丘議員を始め、スタジオに呼ばれている野党議員たちは黙ったままだった。

——大きく変革するときにはね、大きな抵抗勢力が立ち塞《ふさ》がるものなんだ。うまい汁を吸ってきたやつらが多いからね。知っての通り、歴代の内閣が旧来の勢力に負け続けてきた。しかし僕は負けるわけにはいかない。そのために国民の力を借りたかったんだ。

——え？　だから、わざと七十歳死亡法を？

鷹狩アナが呆れたような顔をした。

――鷹狩さん、その通りだよ。七十歳死亡法のおかげで、国民の心の準備と覚悟ができたんだ。今まで、長期的視野に立った政策は国民の支持を得られなかった。目先の利益を追う政策ばかりが支持を集めてきた。その場しのぎの、いわば場当たり的なバラ撒《ま》き政策だ。だが、やっと国民も目が覚めただろう。ついでに最低賃金を大幅に引き上げる。同一労働同一賃金を法で定めてしまおう。つまり、派遣労働者やアルバイターの賃金がぐっと上がる。となると、一気に転職が増える。というのも、いやで仕方がない仕事でも、喰いっぱぐれるのが恐くて辞められない人がたくさんいるからね。定年まで我慢を強いられた人生がなくなって、労働市場が流動的になるってことだ。

「日本も捨てたもんじゃないね」と沢田がぼそっとつぶやく。

――総理、お言葉ですが、それはずいぶん偏《かたよ》った考え方ではないですか？　仕事というのは、努力次第でいくらでも楽しくやりがいのあるものに変えることができるはずです。

鷹狩アナが背筋を伸ばして言った途端、マリンコが噴き出した。

――そりゃあ、あんたはアナウンサーになれたからいいよね。誰だってアナウンサーになれたら頑張るんじゃねえの？　人を人とも思わないような職場で働いた経験のある人は、絶対にあんたみたいな考えにはならないよ。

マリンコは言いながら鷹狩にウィンクした。鷹狩はびっくりした顔をして、慌てて目を逸らした。

そのとき正樹は、父の横顔を思い浮かべていた。

先々週だったか、一緒に野菜炒めを作っているとき、父は言った。

——サラリーマンなんて屈辱を売ってナンボの商売さ。我慢我慢の人生だった。

その言葉を聞いたとき、衝撃を受けたのだった。そして自分の甘さを思った。

総理は自分自身を鼓舞《こぶ》するように、息を大きく吸い込んでから言った。

——我々の仕事はこれからだよ。長生きするのが幸せなことだと心から思える社会を実現しなければならない。

——その通り！　介護されることに罪悪感や申し訳なさを感じなくて済むことが大切だよ。そうでなきゃあ幸せな老後とは言えないからね。

マリンコが言う。

——で、それにはなにが必要だ？　マリンコ自身はどう思う？

——そうだねぇ。私がババアになったとき、エメラルド・ガーデンみたいなところに入れたら最高に気分はいいと思うよ。ヘルパーの人数も十分だって聞くから遠慮なくなんでも頼めるし、優しくて品のあるヘルパーばっかりらしいから、自分もきっと堂々としていられる。

カメラが鷹狩アナを捉えた。司会者としての進行を期待したのだろうが、彼はマリンコにウィンクされて以降、無口になってしまった。そのため、閣僚たちの雑談の場のような雰囲気が漂ってきた。

——介護で内需拡大が可能なはずだ。ヘルパーを高級な職業にするんだ。実際に給料を高くして、イメージアップを図るんだ。早速シンクタンクに試算させてみよう。

——総理、ひとつ提案があります。

医師でもある厚生労働大臣の静かな声に誘われたように、スタジオ内もしんとなった。

——人間のような大型哺乳類はそう簡単には死なないということを、小中学校の理科できちんと教えたらどうでしょうか。人間は鳥や虫みたいにあっけなく死ぬことはできませんからね。

——ついでにさ、ガキだっていつか必ず歳を取ってジジイやババアになるっていう当たり前のことも教えた方がいいよ。それがわかってないと、年寄りに親切にすることなんてできないもん。

マリンコが言った。

番組が終わると、沢田はコーヒーを淹れるために給湯室へ入って行った。

「この前、うちにマリンコが来たとき思ったんだけど、マリンコって沢田くんに気があるんじゃない？」

千鶴が声を落として言った。

「えっ、ほんと？　俺は全然気づかなかった。それが本当ならおもしろいね」

「沢田くんとマリンコを結婚させちゃおうよ」

冗談かと思ったら、千鶴は真剣な表情だった。

「本人同士がよければの話だろ」

「なにのんきなこと言ってんのよ。マリンコを通じて政界とつながりを持つの。そうでもしなきゃ貧困な若者を救えないじゃない」

「だけど、当人同士の気持ちが大切だよ」

「あのふたりはお似合いなのよ。きっと性格も合うはず。合う合う、絶対合う」

これも最近知ったのだが、千鶴は思い込みが激しい。

自分は傍観者として今後の成り行きを見守ろうと思う。

「おばあちゃんからやっと裏の法律のこと聞き出したよ。なんとも妙な噂だったよ」

「知ってるよ」

「え、知ってたの？　誰から聞いたの？」

「あの噂を流したの、私だもん」

「マジ？」

驚いて千鶴を見る。

「仕方がなかったのよ。だって七十歳死亡法のせいで商売上がったりで困ってたんだもん。なんとか年寄りにお金を使わせる方法はないかと思って知恵を絞ったわけ。あの噂を流したおかげで、自宅をバリアフリーにしたいっていう問い合わせが急に増えたんだよ。中にはソロバン塾に改造したいって人もいた。我ながら冴えてたと思う」

啞然として声も出ない。

沢田がトレーにコーヒーを三つ載せて戻ってきた。

「今夜は新聞会議だよ」

沢田を中心に、月に一回〈貧乏人新聞〉を発行している。今夜は来月号の記事について話し合う日だ。自分がここでこうやって働けるのも、おばあちゃんの介護を親父に任せられるようになったからだ。

他人が家に入るのをあれほどいやがっていたおばあちゃんだったけど、姉貴に入浴させてもらって以来、考えが変わったらしく、最近は週に二回ほどヘルパーさんに来てもらっている。

――プロの人の方がなにをするにも手早くて上手だね。しーくんとは大違い。

リフォーム後は自力でトイレに行けるようになったから、介護は格段に楽になった。洗濯と料理は、親父が四苦八苦しながらなんとかやっている。

母はいまだ別居状態だけど、ときどき若葉党に駅弁の差し入れを持って来てくれる。聞けば、店員をやっているだけでなく、駅弁メニューの企画会議にも出ているという。


自宅へ帰ると、車椅子に乗ったおばあちゃんが台所で小豆《あずき》を煮ていた。

「明日にでも千鶴ちゃんを連れておいでよ。お汁粉ご馳走するから」

「うん、都合聞いとく」

「正樹、仕事が楽しいんでしょう。顔つきが変わったよ」

「そう?」

「なんだか男前になったもの」

その夜、姉貴から電話がかかってきた。

母が家出をしてからというもの、姉貴からは頻繁に電話がかかってくるし、親父やおばあちゃんとの会話も多くなった。今までにはなかったことだ。

――正樹、お父さんを助けてあげてる?

「できることはやるようにしてる」

――ならいいけど。お父さんにばかり負担が偏るのもよくないからね。そうなるとお母さんの二の舞になっちゃうから。

「わかってるよ」

──私と福田さんがおばあちゃんをお風呂に入れてあげるたびにね、おばあちゃんの背中の大きな傷がいやでも目に飛び込んでくるのよね。ああいう傷って、二十年以上経っても消えずにくっきり残ってるものなのね。

「なんの傷？」

──交通事故の傷よ。

「おばあちゃんて、交通事故に遭ったことあるの？」

──え？　正樹、憶えてないの？　そうか、まだ小さかったもんね。

「どんな事故？」

──正樹が車に轢《ひ》かれそうになって、それを庇《かば》っておばあちゃんが轢かれたのよ。

「そんなの初耳だよ」

──おばあちゃんは自分の命を顧みずに飛び込んだのよ。小さな正樹を救うために。

その夜遅く、風呂から上がったとき、キッチンから親父の抑えた話し声が聞こえてきた。

「帰ってこないか」

どうやら母に電話しているらしい。

「仕事が楽しい？　そうなのか……でも、帰ってきたくなったら、いつでも帰ってきていいんだよ。いや、そうじゃないよ。東洋子に家事や介護をやらせようと思ってるわけじゃないんだ。本当だよ。信用ないんだなあ。それと……いろいろごめん。実は先週、町内会の溝掃除だったんだがあんなに重労働だとは知らなかった。体中筋肉痛になってしまったよ。ほんとごめん。え？　まさか俺が怒ってるわけないじゃないか。それどころか感謝してる。東洋子が家出してくれて良かったと思ってるんだ。いや、変な意味じゃないんだ。俺も正樹もお袋も変われたんだ。すべてがいい方向に向かってると思う。で、今度の日曜日あたり、遊びに来たらどうかなと思って。ほら、正樹のガールフレンドにも会っておいた方がいいだろ？　え、会ったことある？　いつ？　若葉党って？　でも……ほら、家もリフォームして、きれいになったことだし、バリアフリーっていうのも見ておくと勉強になるよ。だから一度見にきたらどうかなって。俺、コーヒー淹れるのもうまくなったし、ラーメンご馳走するよ。あっ、もやしも入れるから。え？　ほんと？　そうか、来てくれるか。いやあよかった」

正樹はそっと二階へ上がった。

解説──長生きなんかしたくない

永江朗

七十歳か。いい感じの年齢だな。ぼくはこの解説を書いている現在五十六歳で、だから七十歳まであと十四年だ。あと十四年生きられれば十分だ。というか、十年でも五年でも一年でもいい。なんなら、明日死んでもいいや。長生きなんかしたくない。長生きがちっともありがたくない時代になった。

だけど死というものの取り扱いは難しい。なぜなら、それは他人のものだからだ。自分の死は経験できない。経験したときは死んでいる。だから、いくら「自分は長生きしたくないぜ」「寝たきりになって家族や世間をわずらわせたくないよ」と思っても、ではいま寝たきりでいる他人も死んだほうがいいのか、ご近所の老人もみんな七十歳で死ねばいいと思っているのか、というとそういうことじゃない。寝たきりの人や障害のある人や老人が死んだほうがいいなんて一ミリだって思わない。それなのに、自分は長生きしたくないと思う矛盾した現実がある。

本書、『七十歳死亡法案、可決』の単行本が出たのは二〇一二年の一月だった。すぐ読んで、とてもおもしろいと思った。悲惨なことを描いているのに、作者の文体が救っている。ユーモラスというのともちょっと違う明るさがある。一歩間違えるととんでもないことになるのに、うまくコントロールできている。

タイトルは刺激的で設定もいささか露悪的だ。少子高齢化が進む中、年金も医療も崩壊寸前パンク寸前、そこで日本人は七十歳で死ぬことにする、という法律ができるというのだから。荒唐無稽ではあるけれども、「長寿化は不幸の種のひとつ」と誰もが心の底で思っている現実を突いている。

でもこの小説のテーマはそこにあるのではなく、少子高齢化や寿命と健康寿命のギャップや若者の就職難やブラック企業や介護職の過酷な現場など現代日本のさまざまな矛盾のシワ寄せが主婦に来ているところこそがポイントだ。あまりの苛酷さと家族たちの無理解にキレた主婦が家出して、そのため家族は大混乱に陥る。しかし、主婦が背負わされていたものを少しずつ家族が分担して受け持つことで、みんなが変わっていくという話である。「家事労働を貶めて、労働時間などの設計から排除し、家事労働に携わる働き手を忌避し、買い叩く」家事労働ハラスメント（家事労働への嫌がらせ）について分析した竹信三恵子の『家事労働ハラスメント――生きづらさの根にあるもの』（岩波新書）が出るのは二〇一三年十月だ。もっとも「家事ハラ」という言葉は、夫が家事を手伝おうとすると妻が細かいクレームをつけるという誤った解釈で流布していくのだけれども。

少し個人的なことを書く。

『七十歳死亡法案、可決』が出る直前、北海道に住んでいる母に癌が見つかった。大腸癌でもうステージ4だった。肝臓などへ転移もしていた。母は七十九歳だった。医師と本人も含めて相談して、腸閉塞を起こしている部分だけ切除し、あとは抗癌剤の投与にとどめ、癌についての積極的な治療はしないことにした。そのとき告げられた余命は半年から一年だった。

ぼくはＨＢＣ（北海道放送）のラジオ番組で、毎週一回、十五分ほど本についておしゃべりするコーナーに電話出演している。取り上げる本は新刊を中心にぼくが選ぶ。もう五年ぐらい続けている。出演依頼を受諾した理由のひとつは、北海道にいる両親に聞かせたかったからだ。ふだん私は両親に電話することがない。実家に行くのも二年に一度。電話するのは嫌だけど、ラジオの声を聞かせるならいい。

さて『七十歳死亡法案、可決』をラジオで取り上げるべきかどうか。大いに迷った。書評家としてはぜひ取り上げたい。多くの人に紹介したい本だ。でもこの刺激的なタイトルと設定はどうか。決して「世の中の役に立たない老人はとっとと死んでしまえ」と主張している小説ではないのだけれども、十五分ですべてのリスナーに誤解されることなくていねいに解説するのは難しい。そして余命が半年から一年といわれた母はどう感じるかを考えずにはいられなかった。

母の癌が見つかるのと前後して、父の体調がおかしくなった。ろれつが回らなくなり、家の中でも転倒するようになった。アルツハイマー型認知症だろうといわれ、パーキンソン病かもしれないといわれた。のちについた病名は多系統萎縮症。父は八十一歳だった。ますます『七十歳死亡法案、可決』をラジオで紹介するのは難しいと思った。

この小説は、内容のおもしろさのわりに、新聞や雑誌の書評が少なかったように感じる。たぶんそれはタイトルと設定の過激さが、取り上げることをためらわせたのだと思う。でも、じゃあ、別のタイトルや違う設定のほうがよかったのか。そんなことはないだろう。この小説の主人公、東洋子がキレて家出しなければ夫も息子も娘も義母も気づかなかったように、過激でないと伝わらないこともある。

個人的な話をもう少し続ける。

母も父も基本は自宅療養を選んだ。二人の介護を引き受けたのは両親と同居していた三歳下の妹だった。工業高専五年生の甥も手伝った。鉄道と車を乗り継いで三時間ほどのところに住む姪も仕事が休みの日は手伝った。ぼくだけが何もしなかった。日に日に全身の筋肉が動かなくなっていく父と、緩慢ながら癌が進行していく母を抱えて、妹は肉体的にも精神的にもつらかったはずだ。たまたま妹は訪問看護と訪問介護のステーションに勤務していて、自身が介護のプロでありドクターはじめ同僚の協力を得られていたが、それでもほんとうに大変だったろう。二〇一二年の秋に父は話すことも困難になり、施設に入所した。母の最期が近づくと妹は介護休暇をとった。二〇一三年の一月に母が逝った。五月の末、父は最期の日々を過ごすために施設から自宅に戻った。甥は高専を卒業してメーカーに入社し、九州の事業所に配属された。父が逝ったのは六月中旬だった。

この文庫解説を書くためにあらためて『七十歳死亡法案、可決』を読み直して、妹と両親の一年半を重ねずにはいられなかった。

母はこの小説に出てくる義母ほどではないにしても、それなりにワガママだった。本人の性格もあるし、病気で体が思うように動かないことや、死が近づく不安もあったのだろう。しかも息子であるぼくにではなく、妹にそのワガママをぶつけた。ぼくには「あの子にばかり負担をかけて、感謝しているし、申し訳ないと思っている」と何度も話していたが、その気持を妹に直接伝えようとはしていなかった。

ニート&引きこもりになりかけの息子や、実家に寄りつかない娘や、早期退職して世界漫遊旅行に出かける自己中な夫こそいなかったけれども、遠方の兄つまりぼくはなんの助けにもならず、すべてを妹が引き受けた。東洋子はキレて家出できたけど、妹は家出することすらできなかった。

七十歳死亡法は別として、この本に書かれていることは決して特殊なものではない。同世代の人と集まると、たいていは親の介護の話題になる。遠距離介護をする人も珍しくない。そして冒頭に書いたように思うのだ、七十歳で死ねたらいいなあ、なんて。自分の子どもがこんな目に遭わないようにするためにも、七十歳で死ねたらいいなあ、と。

介護はできるだけ他人に任せるべきだとつくづく思う。家族で引き受けようとするから、いろいろ無理が生じる。虐待だって起きる。この小説の東洋子だって、最初からヘルパーに任せておけば、ここまで追い詰められることはなかった。そりゃあ義母は嫌がるかもしれないさ。赤の他人じゃ気を遣わなきゃいけないもの。嫁と違って奴隷のようにこきつかえない。でもだからいいのだ。他人だから遠慮する。遠慮や気遣いというのは人間関係の潤滑油みたいなもので、それがないとギスギスしてくる。

小説では東洋子がキレて家出したところから、すべての事態がくるりと反転する。息子はニートでいられなくなるし、自己中夫も遊んでいられなくなる。いちばん変わるのは義母の菊乃だ。自分のことはできるだけ自分でする。どうしても自分でできないことを周囲が助ける。でも誰が何を助けるかは一人に集中しない。それぞれが自分のことをする。ここで提示されているのはとてもシンプルなことだ。シンプルだけど、それは難しい。

長生きしてもいい、長生きしたい、そう思えるようになる日は来るだろうか。

――フリーライター

この作品は二〇一二年一月小社より刊行されたものです。

幻冬舎文庫

●最新刊
饒舌な肉体
生方　澪

来年五十歳になる浩人は、すらりと背が高く、十歳以上若く見えるいわゆるイケメンだ。妻子がいることを隠さないけれど、とにかくモテる。しかし、彼の〝秘密〟の女性がある日——。官能連作。

●最新刊
たそがれビール
小川　糸

パリ、ベルリン、マラケシュと旅先でお気に入りのカフェを見つけては、手紙を書いたり、本を読んだり、あの人のことを思ったり。当たり前のことを丁寧にする幸せを綴った大人気日記エッセイ。

●最新刊
傷口から人生。
メンヘラが就活して失敗したら生きるのが面白くなった
小野美由紀

過剰すぎる母、自傷、パニック障害、女もこじらせ気味……就活失敗でスペインの巡礼路へ旅立った問題てんこもり女子は、再生できるのか？　生きる勇気が湧いてくる、衝撃と希望の人生格闘記。

●最新刊
ラブソングに飽きたら
加藤千恵　椰月美智子　山内マリコ
あさのあつこ　ＬｉＬｙ　青山七恵
吉川トリコ　川上未映子

実らなかった恋、伝えられなかった言葉、人には言えない秘密。誰もが持っている、決して忘れられない〝あのとき〟。ラブソングより心に沁みる、人気女性作家が奏でる珠玉の恋愛小説集。

●最新刊
散歩
小林聡美

石田ゆり子、井上陽水、加瀬亮、もたいまさこ、柳家小三治などなど、気がおけないひとたちと散歩。気の向くままに歩きながら、時に笑い、時に深く語り合った、うたかたの記録。

幻冬舎文庫

●最新刊
標的
福田和代

元プロボクサーの最上は、ある警備会社にスカウトされる。顧客は、警察には頼れない、訳ありの政治家や実業家ばかり。なぜ、彼らは命を狙われているのか。爽快感溢れる長編ミステリー。

●最新刊
すーちゃんの恋
益田ミリ

カフェを辞めたすーちゃん37歳の転職先は保育園。結婚どころか彼氏もいないすーちゃんにある日訪れた久々の胸の「ときめき」。これは恋？　すーちゃん、どうする!?　共感のベストセラー漫画。

●最新刊
お前より私のほうが繊細だぞ！
光浦靖子

「母の格好がヒョウ柄化していきます」「30歳過ぎの未婚女性が怖いです」——。日常に影を落とすお悩みには、皮肉と自虐たっぷりのアドバイスが効果的。笑えて役に立つお悩み相談エッセイ。

●最新刊
おでんの汁にウツを沈めて
44歳恐る恐るコンビニ店員デビュー
和田静香

虚弱体質ライターが40代半ばでコンビニ店員デビュー。百戦錬磨のマダム店長らに囲まれ恐怖のレジ特訓、品出しパニック、クレーマー……懸命に働き、初めて気づいた人生の尊さを描くエッセイ。

●好評既刊
風に立つライオン
さだまさし

一九八八年、恋人を長崎に残し、ケニアの戦傷病院で働く日本人医師・航一郎のもとへ、少年兵・ンドゥングが担ぎ込まれた。二人は特別な絆で結ばれるが、ある日航一郎は……。感涙長篇。

幻冬舎文庫

●好評既刊
十二単衣を着た悪魔
源氏物語異聞
内館牧子

光源氏を目の敵にする皇妃と、現代から『源氏物語』の世界にトリップしてしまったフリーターの二流男が手を組んだ……。愛欲と嫉妬、男女の機微を描き切ったエンターテインメント超大作。

●好評既刊
ぷらっぷらある記
銀色夏生

この世の中を、人生を、ぷらっぷら探検する「ぷらっぷらクラブ」を心の中で結成。メンバーは、のんびりした平和な感じの人たち。鎌倉、金時山、熊野古道、木曾駒ヶ岳などをぷらっぷらした紀行。

●好評既刊
ドリームダスト・モンスターズ 白い河、夜の船
櫛木理宇

悪夢に苛まされていた晶水は、他人の夢に潜る「夢見」能力をもつ壱に助けられる。壱の祖母が営むゆめみ屋を、今日も夢に悩むお客が訪れる。壱と晶水は厄介な夢を解けるのか。青春ミステリー。

●好評既刊
くじけてなるものか
笹川良一が現代に放つ警句80
工藤美代子・編著

〝昭和の傑物〟笹川良一が遺した国家論、人生訓を、『悪名の棺 笹川良一伝』の著者が編纂・解説。先見の明を持ち、時代を切り拓いた笹川が放つ警句は、日本人が〝当たり前〟を捨て去った今こそ必読。

●好評既刊
おばあさんの魂
酒井順子

瀬戸内寂聴、いじわるばあさん、白洲正子、兼高かおる、オノ・ヨーコ……。我々は、いかにしておばあさんになっていくべきか。偉大なるおばあさん達から学ぶ、全ての女性必読の書。

七十歳《ななじゅっさい》死《し》亡《ぼう》法《ほう》案《あん》、可《か》決《けつ》

垣谷美雨《かきやみう》

平成27年2月10日　初版発行
令和4年6月20日　22版発行

発行人――石原正康
編集人――永島賞二
発行所――株式会社幻冬舎
〒151-0051東京都渋谷区千駄ヶ谷4-9-7
電話　03(5411)6222(営業)
　　　03(5411)6211(編集)
公式HP　https://www.gentosha.co.jp/
印刷・製本―株式会社 光邦
装丁者――高橋雅之

幻冬舎文庫

ISBN978-4-344-42305-3　C0193　か-40-1